ro
ro
ro

Stefan Maelck, 1963 in Wismar geboren, studierte Anglistik und Germanistik in Rostock. Nach Forschungs- und Lehraufenthalten in den USA und England sowie einem Gastspiel als Lektor bei Reclam Leipzig arbeitet er seit 1994 als freier Publizist und Radiojournalist mit Schwerpunkt auf Literatur und Popmusik. Bislang erschienen von ihm «Ost Highway» (rororo 23375) und «Pop essen Mauern auf» (rororo 24644).

Stefan Maelck

Tödliche Zugabe

Hank Meyer ermittelt

Roman

Rowohlt Taschenbuch Verlag

Veröffentlicht im Rowohlt Taschenbuch Verlag,
Reinbek bei Hamburg, März 2009

Umschlaggestaltung any.way, Hannah Krause,
nach einem Entwurf von Wiebke Jakobs
(Foto: plainpicture / Wildcard)
Satz aus der Ehrhardt PostScript (InDesign) bei
hanseatenSatz-bremen, Bremen
Druck und Bindung Druckerei C. H. Beck, Nördlingen
Printed in Germany
ISBN 978 3 499 24883 2

«Heaven has denied us its kingdom / The saints are drunk and howling at the moon / The chariots of angels are colliding / Well I'll run, babe, but I'll come running straight to you.»

(Nick Cave, *Straight to You*)

«Aber durch diese schäbigen Straßen muss ein Mann gehen, der selbst nicht schäbig ist, der eine reine Weste hat und keine Angst.»

(Raymond Chandler, *Die simple Kunst des Mordens*)

«Wenn der Mord Vernunftgründe hat, leben unsere Zeit und wir selbst in ihrer Konsequenz.

Wenn er keine hat, leben wir im Irrsinn, und es gibt keinen anderen Ausweg, als daraus einen neuen Schluss zu ziehen oder sich abzuwenden.»

(Albert Camus, *Das Absurde und der Mord*)

Prolog. Eine alltägliche Situation, doch dem aufmerksamen Betrachter wird es nicht lange verborgen bleiben. Der Mann in der hellen Cordjacke dort drüben am Springbrunnen könnte, rein vom Alter her gesehen, der Vater des Mädchens sein. Er macht gute Miene zu bösem Spiel. Als würde es ihn unendlich belustigen, dass die etwa zehnjährige Göre, das Gesicht von Sommersprossen maskiert, eine Pistole auf ihn richtet. So widerspenstig wie die roten Haare, die zwei straffe Zöpfe kaum bändigen können, wirkt das ganze Kind. Eine martialisch mutierte Pippi Langstrumpf, eine Amazone, die Schrumpfversion von Lara Croft.

Aber die Art und Weise, wie sich der Mann auf das Mädchen zubewegt, ist eindeutig nicht die eines Vaters. Seine ganze Körpersprache verrät Ungeübtheit. Er weiß nicht, wie man mit Kindern in diesem Alter umgeht. Wie man sie beruhigt, statt sie anzustacheln. Wie man es schafft, dass sie einen für cool und nicht für komplett vertrottelt halten. Vielleicht ist er der Stiefvater oder der Onkel oder einfach nur ein Passant, der das Mädchen angesprochen hat.

Der Mann reißt die Hände nach oben, verzieht die Lippen zu einem Grinsen, es wirkt nicht gerade überlegen. Er ruft dem Kind etwas zu, aber das geht im Plätschern der Fontäne unter. Genau wie die Antwort des Mädchens.

Dann drückt das Mädchen ab. Noch einmal. Fünfmal nacheinander. Das Lächeln des Mannes erstarrt, er verliert das Gleichgewicht und stürzt über den Rand des Brunnens ins Wasser.

1. Nennt mich Hank. Ein paar Jahre ist es her, unwichtig, wie lange genau, da bekam ich diesen Namen als Hybrid aus Belobigung und Belustigung. Dachte ich zumindest damals. Inzwischen nennen mich alle so. Egal, ob jemand meine Dienste als Privatdetektiv in Anspruch nehmen will oder sich über *Lost Songs Found* beschwert, meine wöchentliche Radiosendung. Egal, ob der Hausmeister mich nötigt, mein Fahrrad umzuparken, oder eine ehemalige Freundin darum bittet, dass ich endlich meine Sachen abhole. Hank, geflüstert oder geschrien, geschüttelt oder gerührt. Bis gestern hat mich auch Heuser so genannt. Heuser, mein bester Freund und Helfer in der Not.

Die Gedanken wurden vom metallischen Klirren meines alten Ventilators in Streifen geschnitten, für einen frühen Abend war es immer noch viel zu heiß. Ich hatte allen Grund, niedergeschlagen zu sein, und erlaubte mir einen vorzeitigen Drink. Beton. Becherovka und Tonic. Klar hatte ich *Leaving Las Vegas* gesehen, aber ich wohnte schließlich in Halle. Und im Gegensatz zu Menschen, die gar nicht tranken, konnte ich durch Abstinenz jederzeit etwas für meine Gesundheit tun.

Ich überlegte, womit ich mich ablenken könnte. Auf das *Hölderlin*, meine Stammkneipe um die Ecke, hatte ich keine Lust. Da würde man mir nur blöde Fragen stellen. Und

Freund Klepzig, dunkeldeutscher Kommissar und Kombattant in etlichen Angelegenheiten, war im Dienst.

Ich ging die letzten Fälle durch. Nichts Spektakuläres. Kleine Fische. Wenig Kohle. Die Zeiten waren mies, viele meiner früheren Kunden hatten inzwischen den ganzen Tag zur freien Verfügung und konnten ihre Frauen selbst überwachen. Größere Fälle spielten entweder in der Wirtschaftskriminalität oder im Kino.

Als Nächstes verwarf ich die Idee, mir ein paar alte Folgen von *Starsky und Hutch* oder *Die Zwei* anzusehen. Zu viel Kumpelkult. Ich brauchte jetzt was mit Einzelgängern. Sam Spade, Philip Marlowe, Hoke Moseley oder Isaac Hayes als Truck Turner. Vorbilder für das Leben, das nun auf mich zukam.

Beton gegen die lauernden Übel des Lebens, dazu ein paar alte Soul-Platten, die die blaue Stunde nachfärbten. Und die kühlende Wirkung meines Ledersofas, neben einem Bett, einem Schreibtisch und einem Sessel das einzige Möbel, das ich besaß. Ich mochte es, wenn das Leben etwas Provisorisches behielt. Wohnungen mussten die Möglichkeit zur sofortigen Flucht ausstrahlen. Wobei die Betonung auf Möglichkeit liegt. Zwei weitere wichtige Einrichtungsstücke hätte ich beinah vergessen: Kühlschrank und Telefon. Beide erinnerten mich im selben Moment durch laute Geräusche an ihre Existenz. Ich entschied mich für das Telefon.

«Meyer, schlecht gelaunt und nicht im Dienst.»

«Also wie immer. Hier ist Matthes vom *Objekt 5*. Wir brauchen dich, Meyer! Wie schnell kannst du hier sein?»

«Gib mir ’ne Woche.»

«Du musst gleich kommen, Gefahr in Verzug.»

«Steh ich auf der Gästeliste?»

«Du stehst hier immer auf der Gästeliste. Was soll der Scheiß?»

«Dann streich mich für heute. Die Combo ist mir zu laut. Ich hab meinen besten Freund verloren und keine Lust auf Menschen, die vor Lebenslust sprühen.»

«Von wegen. Es wird ein ganz stiller Abend, außer dir kommt keine Sau ... Mann, Meyer, wie lange brauchst du, bis du's kapierst? Ich hab hier einen Fall für dich liegen, jetzt schwing dich um Elvis willen auf dein Fahrrad.»

Ich fragte mich, welchen Elvis er wohl meinte, während ich in Richtung Kröllwitz heizte. Ich hatte eigentlich andere Sorgen, und Frohe Zukunft, die für heute Abend angekündigte Band, war nicht meine Kiepe Heu. Dabei ging ich gewöhnlich gern ins *Objekt 5*. Ein ehrlicher Laden, irgendwann kurz nach der Wende aus einer Ruine entstanden. Hundertachtzig Konzerte im Jahr, und weder die Preise noch allzu viele glückliche Paare versauten einem die Laune. Nur dieser Sympathiepunkte wegen war ich Matthes' für meine Begriffe etwas zu fordernden Einladung gefolgt.

Matthes fing mich gleich am Eingang ab, ziemlich blass um die Nase. An der Tür wehte ein mit schwarzem Edding gekritzeltes Schild im Sommerwind: *Frohe Zukunft fällt aus*.

«Hasta la vista, Baby, fehlt euch der vierte Mann zum Doppelkopf?»

Matthes wischte sich den Schweiß von der Stirn. «Wir sind eigentlich komplett, die Band hat Verluste zu beklagen.»

Ich folge ihm ins Halbdunkel des Gebäudes.

Meistens schätze ich es, wenn man mir direkt in die Augen sieht. Allerdings nicht, wenn mein Gegenüber dabei auf dem Bauch liegt, den Kopf seltsam verdreht hat und aus seinem Rücken der Hals einer Fender Stratocaster ragt. Das hier war kein abgeschmackter Werbegag, Marke echtes Hinguckermotiv fürs Konzertplakat. Eher das Gegenteil. Das hier war der Gitarrist von Frohe Zukunft, und er lag tot auf der Bühne.

«Sieht ja aus, als wäre die Zugabe schon vor dem Konzert gelaufen. Die Konkurrenz schläft nicht. Wie heißt der Typ noch?»

«Hagen Hohlbein. Kannst du das übernehmen, Meyer?» Matthes standen neue Schweißtropfen auf der Stirn, sein Zopf klebte irgendwo auf der Schulter unter seinem roten Turnhemd. Zitternd zündete er sich eine Zigarette an.

«Ich kann nicht Gitarre spielen, tut mir leid.»

«Mir ist nicht zum Lachen zumute, Meyer.» Er streckte mir die Schachtel hin.

«Hat schon jemand die Polizei verständigt? Frohe Zukunft ist doch genau Klepzigs Kragenweite.»

Full Metal Klepzig war seit einer halben Ewigkeit Hauptkommissar und schätzte Musik, die so klang, als würde man Katzen killen. Kurz nach unserer Zusammenarbeit an den legendären Schlüpfermorden hatte er sich von seiner Frau getrennt, seitdem wohnte er in meinem ehemaligen Büro über dem *Hölderlin*. Dort hatten wir schon, als an eine kriminalistische Kooperation noch gar nicht zu denken gewesen war, so manche Sitzung unserer kleinen Männerschweigegruppe abgehalten. Zu dritt natürlich, mit Heuser.

«Klepzig ist in Hohenmölsen unterwegs, wegen eines Nachbarschaftsstreits. Er kommt, sobald er kann.»

Der Kommissar räumte also mal wieder die Landbevölkerung auf, dann würden wir eben ohne ihn beginnen. «Wo ist der Rest der Band?»

«Oben in der Garderobe. Ich hab erst mal alle hochgeschickt, damit die hier nichts anrühren.»

Voll der Profi, dieser Matthes. Als würde er im *Objekt* jeden Tag Leichen begutachten und Tatorte absichern. «Wer hat den Toten gefunden?»

Matthes schaute in sich hinein wie jemand, der keinen Fehler machen will. Als würde in ihm drin der Film abgespult, den er vorhin gleich mit seiner eingebauten Kamera gedreht hatte.

«Der Techniker, der kam als Erster vom Essen zurück. Der Rest der Band saß noch drüben im Biergarten an der Saale.»

«Den müsste ich, wenn überhaupt, als Ersten sprechen.»

«Wie, *wenn überhaupt*?»

«Wenn ich den Fall übernehme. Aber darüber reden wir später. Warum hat keiner einen Arzt verständigt?»

«Der Bassist der Band ist Arzt. Der konnte nur noch den Tod feststellen.»

Die Kleinarbeit würde die Spurensicherung erledigen, aber bis die hier eintraf, hatte ich Zeit, die Sauerei aus der Nähe zu betrachten. Die Szenerie sah aus wie ein aufgeblasenes Zitat aus der Geschichte der Rockmusik. Nur dass Frohe Zukunft gerade mal dabei gewesen war, ihr erstes Kapitel zu schreiben. Ihr Debüt-Album *Abrissbirne Diskokugel* hatte sich ganz beachtlich verkauft. Eine Mischung aus Schwermetall und Elektronik, die den Nerv eines großen Publikums traf. Dazu waren die Auftritte der Band berüchtigt für ihren exzessiven Charakter.

Ein toter Gitarrist, dem Verkauf des Albums würde es vermutlich helfen, auch wenn Hohlbein das magische Alter von siebenundzwanzig schon überschritten hatte. In Dunkeldeutschland konnte man auch mit Mitte dreißig noch ein toter Held werden, die Uhren tickten hier einfach anders. Das durfte ich oft genug feststellen, seit es mich in den Osten verschlagen hatte.

Ich ließ mir am Tresen ein Guinness geben und untersuchte die Bühne. Die Backline der Band war so riesig, als wollten sie damit die ganze Peißnitzinsel beschallen. Hohlbein hatte mit Kreide einen Halbkreis auf die Bühne gezogen, den durften seine Musiker nicht übertreten, damit er mit seinen 1,65 Meter nicht kleiner wirkte als die anderen. Jetzt lag er selbst in diesem Halbkreis und war damit einer der wenigen Toten der Kriminalgeschichte, die der Spurensicherung schon Arbeit abgenommen hatten.

Ich versuchte, nicht in die Blutlache zu treten, die sich großzügig über den Boden verteilte, und überlegte, wie ich die Leiche auf die Seite drehen konnte, um an die Hosentaschen heranzukommen. Als ich im Hintergrund die vertraute Stimme vernahm, konnte ich gerade noch einen mit Blut bespritzten Zettel herausfischen, der unter Hohlbeins Armbanduhr klemmte.

Klepzig machte auf großen Auftritt. Mit gezogener Pistole stürmte er das *Objekt 5*. Wahrscheinlich hatte ihn die Nachricht vom Tod Hagen Hohlbeins noch gar nicht erreicht, und er wollte einfach nur verhindern, dass die Band anfing zu spielen, bevor er mit einem Bier seinen Stammplatz an der Theke eingenommen hatte. *Abrissbirne Diskokugel* war eine seiner Lieblingsplatten. Schnell ließ ich den zerknitterten Zettel in der Innentasche meiner Jacke verschwinden.

2. Der nächste Tag war aus Beton. Ich erwachte mit dem Lemurengrinsen von Hagen Hohlbein vor Augen, einer Mischung aus Überraschung und schmerzvoller Ekstase. Wahrscheinlich hatte er im Sterben noch gedacht, dass dieser Tod angemessen ist. Besser, als von einem Trabant überfahren zu werden oder wie Andy Warhol an einer Gallenblasenoperation zu sterben. Wie hat Kinky Friedman es mal formuliert: *Früher oder später sterben wir alle einen zu frühen Tod.*

Wir waren für den Vormittag im *Objekt* verabredet. Matthes brachte Kaffee. Klepzig rief an und sagte ab. Er habe die halbe Nacht gebraucht, um die Bandmitglieder zu befragen, und in den frühen Morgenstunden eine Pressekonferenz abgehalten. Blitzlichtgewitter und blitzgescheite Fragen. Ich wusste, dass Klepzig es hasste. Wie fast alles außer Slayer und Saufen. Ich überlegte mal wieder, was er wohl gemacht hätte, wenn er kein Bulle geworden wäre. Klempner Klepzig, das klang gut, dafür fehlte ihm allerdings das Fingerspitzengefühl. Für einen Busfahrer war er zu unpünktlich, und für die Bundeswehr war selbst Klepzig nicht blöd genug. War also nur das organisierte Verbrechen geblieben, oder eben die Polizei.

«Sieht so aus, als hätte Hohlbein noch eine Rechnung mit Jimi Hendrix offen gehabt», versuchte ich Matthes aufzuheitern. Der grinste gequält. «Probier doch einfach mal, nicht lustig zu sein!»

«Okay, tut mir leid, mir ging's auch nicht so gut in den letzten Tagen. Der Tod ist nun einmal nicht mein Ding, aber ich lebe davon, und ich glaube, du wolltest mir ein Angebot machen.»

«War eigentlich nicht meine Idee, dich zu engagieren.» Matthes nestelte verlegen an seinem Zopf.

«Wessen dann?»

«Karlo Kaltwasser, der Sänger der Band, meinte, du wärst der Richtige.»

«Auf dessen Urteil würde ich so viel geben wie auf seine Texte. Aber vielleicht hat er nicht nur bei Ton Steine Scherben geklaut und bezahlt mich aus seiner Privatkasse.»

Matthes setzte den Hundeblick auf. «Du weißt, dass wir nicht gerade im Geld schwimmen, aber mit diesem Mord ist der ganze Laden gefährdet. Du bist sowieso dauernd hier, du kennst die Szene, und es ist besser, als ständig die Polizei im Haus zu haben.»

«Die Polizei werdet ihr kaum raushalten können. In den nächsten Tagen ziehen die hier ein. Und der Oberstaatsanwalt hat euch sowieso auf dem Schirm, weil sich immer wieder Anwohner über den Krach beschweren. So langsam wird das hier 'ne feine Gegend. Eigentlich ist ein Mord gar nicht so schlecht für Kröllwitz.»

«Wie meinst du das?»

«Vielleicht ziehen dann nicht mehr so viele Geldsäcke her, die ein stilles und sauberes Viertel wollen.»

«Verstehe. Wir haben die Nummer selbst inszeniert.»

«Staatsanwälte denken so, und seit unser Freund Hösendorfer zurück ist, regiert wieder das eiserne Zepter des Vorurteils. Klepzig ist kurz davor, in den Sack zu hauen.» Dass Holger Hösendorfer vor ein paar Jahren als Oberstaatsanwalt abgedankt hatte, um es in der Politik zu versuchen, kürzlich aber auf seinen alten Posten zurückgekehrt war, weil er in der Politik über irgendetwas gestolpert war, wusste Matthes wohl selbst.

«Klepzig wollte schon in den Sack hauen, als er noch auf der Polizeischule war.»

«Nur wird es immer schlimmer. Lass gut sein. Wie stellst du dir unsere Zusammenarbeit in Zahlen vor?»

Matthes nannte mir eine Summe, die überraschenderweise nicht als Tages-, sondern als Wochensatz gedacht war. Spesen inklusive.

«Dafür muss ich halbtags noch die Obdachlosenzeitung verkaufen.»

«Und ihr trinkt bei uns umsonst.»

«Ihr? Ich bin Single, falls du das noch nicht weißt.»

«Ich dachte an Heuser und dich. Ihr arbeitet doch zusammen, oder?»

Ich verspürte nicht die geringste Lust, ihm die Geschichte mit Heuser zu erzählen, solange ich sie selbst nicht begriffen hatte. «Seit vorgestern nicht mehr. Aber ich trink für zwei. Und bevor ich nachts darüber wachliege: Hast du einen Verdacht?»

Matthes schaute überrascht auf, so als höre er das Wort Verdacht zum ersten Mal. «Keinen, den ich wirklich begründen könnte, aber Hohlbeins alte Band ist wohl immer noch ziemlich sauer, dass er ausgestiegen ist und dann mit Frohe Zukunft gleich Erfolg hatte.»

«Wie heißt die alte Band?»

«Perlen. Früher Perlen vor die Säue. Sind die Lokalhelden in Erfurt. Hohlbeins Abgang ist nicht gerade freundlich verlaufen. Irgendeine Frau soll da ’ne Rolle gespielt haben, aber frag mich nicht.»

Beim Rock ’n’ Roll geht’s nun mal um Rock ’n’ Roll, dachte ich. Den Rest sollten mir die Perlen erzählen.

3. Zweites Frühstück. Ich gab einen extra Löffel Ostfriesentee in die Kanne und legte *Soul Rush* von Nicolai Dunger auf. Ich hatte beschlossen, den Fall zu übernehmen, auch wenn er schlecht bezahlt war. Eine gute Möglichkeit, nicht an Heuser zu denken. Eine gute Möglichkeit, nicht über mich selbst nachzudenken. Nicolai Dunger sang in *Blue from Death* über den Verlust eines Freundes. Ich wechselte zu Info-Radio.

Klepzigs Stimme. Wenigstens auf diesem Weg ließ er von sich hören. Dass er es mal wieder in den Info-Sender geschafft hatte, würde Hösendorfer ärgern, auch wenn Klepzig nur das übliche Allerlei von «verschiedenen Spuren» vortrug und versprach, die Öffentlichkeit auf dem Laufenden zu halten.

Ich überlegte, wo ich anfangen sollte. Ein Gitarrist auf dem Weg in den deutschen Rock-Olymp war brutal ermordet worden. Alles, was wir hatten, war eine verlassene Band, irgendetwas mit einer Frau und – genau. Den hatte ich ja völlig vergessen. Ich angelte den Zettel aus meinem Hemd, das eigentlich längst überfällig war. Gelegentlich war es von Vorteil, wenn man es mit der Reinlichkeit nicht so genau nahm.

An einigen Stellen hatte Blut das Dokument verklebt, es gelang mir aber, ein Blatt von der Größe einer Zigarettenschachtel aufzufalten. Rechts unten war ein Stück angerissen. Ich las den leichtverschmierten Computerausdruck, der von meinem Ventilator sanft gestreichelt wurde.

Des Menschen erste Widersetzlichkeit
Und jenes untersagten Baumes Frucht,
Die dieser Welt durch sterblichen Genuß
Den Tod gebracht und unser
But they don't know th

Bei «th» war der Zettel abgerissen worden. Und hinter «unser» schien auch was zu fehlen. Ganz abgesehen von der Frage, warum diese Zeilen unter der Uhr des ermordeten Hagen Hohlbein gesteckt hatten, war es mir ein Rätsel, woher sie stammten. Aus der Bibel vielleicht? War die in solchen Versen geschrieben? Und was sollte der englische Satz am Ende? Heuser hätte es sofort gewusst, aber der stand nun mal nicht zur Verfügung. «Des Menschen erste Widersetzlichkeit», das klang schon etwas alttestamentarisch.

Ich konnte Ulli fragen, den Wirt im *Hölderlin*. Der schlief gewöhnlich mit einer Bibel unter dem Kopfkissen. Ich selbst hatte in verschiedenen Hotels erwogen, mal eine mitgehen zu lassen. Man musste in Zeiten der Rezession doch wenigstens die Bibelindustrie fördern. Aber eine klauen? Es gab Grenzen.

Ein wenig mehr Glauben würde den Menschen hier guttun. Gut neunzigtausend Einwohner hatte Halle in den Jahren nach dem Ost-Zusammenbruch verloren, und die wenigsten lagen dort, wo Hagen Hohlbein demnächst einchecken würde. Die Mehrheit war einer alten russischen Weisheit gefolgt: *Go West Young Man*. Das Verschwinden des Glaubens war ein Symptom dieser Nachwendegesellschaft, aber wenn man Walter Serner glauben durfte, war eigentlich alles ein Symptom ...

Das Telefon riss mich aus meinen Phantasien.

«Betonwerk Frohe Zukunft, ich sitze hier mit eingemauerten Füßen. Wer ist da?»

«Na, ich!» Die Stimme war kaum zu hören, es musste der Flüsterer sein.

«Besser als der Hexer oder der Zinker. Was gibt's?»

«Ich hab was für dich.»

Der Flüsterer konnte mein breites Grinsen zum Glück nicht sehen.

«Das heißt, du brauchst was von mir», gab ich zurück. Unser altes Spiel.

«Wie könnte ich. Komm einfach vorbei. Lohnt sich.» Ich hasste es, dass der Typ nie mit der Sprache rausrückte.

«Hat das Zeit bis morgen?»

«Ich hab alle Zeit der Welt. Aber ...» Der Flüsterer zog an seiner Zigarette und blies den Rauch vernehmbar in den Hörer.

«Was, *aber*? Hast du einen von diesen Managerkursen belegt: Wie manipuliere ich mein Gegenüber?» Ich wurde langsam ungeduldig.

«Aber: *Des Menschen erste Widersetzlichkeit ...*»

Ich schaute auf den Zettel. Haargenau die erste Zeile. Trotzdem tat ich desinteressiert. «Ja, und weiter?»

«Und jenes untersagten Baumes Frucht ...» Identisch.

«Okay, wo steckst du?»

Ich hörte ihn siegessicher lachen. Dabei konnte er doch beim besten Willen nicht wissen, worum es ging.

«Ab drei bin ich im Laden. Komm am besten da vorbei.»

4. Bis 15 Uhr blieb noch etwas Zeit. Ich betonierte meine Seele ein wenig nach und ölte mein Wanderer-Fahrrad, die größte Anschaffung meines Lebens. Politisch korrekte Menschen hielten der Firma Wanderer zwar immer noch das Hakenkreuz auf ihren Schreibmaschinen vor, ich aber liebte mein Fahrrad, unbeeindruckt von der Geschichte der Firma, die es gebaut hatte. In meinem Alter, um die vierzig, haben die meisten Männer statistisch gesehen schon zwei Autos zu Schrott gefahren, und die, die noch am Leben waren, arbeiteten gerade am dritten. Ich hatte nicht mal einen Führerschein, nur dieses unkorrekte Fahrrad, und das belud ich jetzt mit meinem 82 Kilo wiegenden Anteil an der Kollektivschuld und heizte in Richtung Innenstadt. Ich drückte mich an den Autos vorbei, wich immer wieder auf den Bürgersteig aus. Warum war in Halle bloß dauernd Stau? Ständig Berufsverkehr, obwohl die meisten gar keinen Job hatten.

Als ich die Kleine Ulrichstraße hinunterrollte, musste ich laut lachen. Der Laden mit den sauteuren Einbauküchen war über Nacht zu einem Tempel für Klaviere mutiert. Wahrscheinlich hatte inzwischen jeder in Halle eine Küche für fünfzigtausend Euro, jetzt war das Piano dran. Ich dachte an Philippe Djian: *Wenn Sie Blues spielen wollen, dann müssen Sie das Piano nach Süden stellen.* Warum nicht nach Osten?

Der Flüsterer empfing mich vor seinem kleinen Plattenladen am Hallmarkt, einem Refugium für die letzten Dinosaurier des guten Geschmacks. Schwitzend und rauchend saß er auf der Treppe.

Bei ihm im *Whispers* bekam man alles, was das Sammlerherz zusammenträumen konnte: jede Menge Vinyl aus den USA, sauteure Erstausgaben alter Soul- und Jazzalben und so ziemlich jedes Album aus dem Neil-Young-Umfeld, also Pressungen aus Ländern, von denen man sich kaum vorstellen konnte, dass es dort schon Strom gab. Der Flüsterer, ein langer Kerl mit noch längeren Koteletten, hatte ein sonderbares Glänzen in den Augen. Das kam nicht oft vor. Entweder war ihm der ganz dicke Fisch ins Netz gegangen oder ein Neil-Young-Bootleg aus Nord-Korea.

«Meyer, alter Zoodirektor, ich hatte gerade ein Déjà-vu!»

«Dann sollten wir zusehen, dass wir hier wegkommen, Déjà-vus sind Fehler in der Matrix.» Das war mir so herausgerutscht. Vielleicht sollte ich mich gleich daran gewöhnen, die Filmzitate selbst beizusteuern. Bisher war das Heusers Aufgabe gewesen.

«Hör auf mit dem Quatsch. Solche Filme braucht doch kein Mensch!»

Der Flüsterer war ein Vordigitaler, ein Analog-Apostel, ein Vinyl-Junkie, der zu Hause nicht mal einen CD-Player hatte. Er strich mir wohlwollend über den Kopf.

«Du solltest auch Mütze tragen, dein Resthaar zieht sich ja schon nach Mecklenburg zurück. Ich hab da was für dich.» Er stülpte mir ein Cap auf, auf dem *Northern Soul* stand. Damit konnte ich leben. Besser als mit *DDR* oder *RTL*!

«Was hat das jetzt mit Hagen Hohlbein zu tun? Stammt das aus der Zeit, als er noch mit der Schwalbe durch die Gegend fuhr?»

«Steht dir», stellte der Flüsterer ungerührt fest und ging in seinen Laden. Ich folgte ihm und warf dabei einen Blick ins Schaufenster, um mein neues Outfit zu überprüfen. Etwa so wie der Junge in *Cowboy Rocker* von Udo Lindenberg. Dreißig Jahre musste das her sein.

«Jetzt kommen wir also zum Geschäftlichen?», tastete ich mich vor.

«So würde ich es nicht nennen. Wir trinken erst mal eine Tasse Bohnenkaffee, dann sag ich ‹achtzehn›, und dann kommst du.»

Geheimnisse gab es ja bekanntlich nicht mehr viele in dieser unterilluminierten und überinformierten Welt. Auf einmal liebte ich den Flüsterer dafür, dass er eine Sache noch richtig spannend machen konnte.

«Weißt du eigentlich, dass es die neue Neil Young nicht auf Vinyl geben wird?»

Er hatte eröffnet. Daher wehte der Wind.

«Das ist dieser Kanadier, oder? Der den ganzen Tag mit der Eisenbahn spielt.»

«Es sollen aber Promo-CDs im Umlauf sein ...»

«Wer sagt das? Die Koteletten-Polizei?»

«Des Menschen erste Widersetzlichkeit ...» Der Flüsterer grinste breit und wedelte mit einem Zettel, der genau aussah wie jener, den ich in der Blut-Batik-Version auf meinem Schreibtisch wusste. Ich griff zu. Der Text war identisch, bis auf die letzte Zeile.

«Woher hast du den?»

Der Flüsterer griff unter den vollgemölten Tresen und beförderte ein Curtis-Mayfield-Album ans Tageslicht, *Curtis Live*.

«Hohlbein hat mir vor ein paar Tagen einen Stapel alter Platten verkauft. Echte Schätze. Brauchte wohl Kohle. In einer hab ich den Zettel gefunden.»

«Okay. Die Neil-Young-Promo liegt heute Abend im *Hölderlin* für dich bereit. Das Mayfield-Album ist mit im Preis. Das nehm ich gleich mit.»

Ich schob zwei Finger unter den Rand meiner neuen Soul-Haube und schwang mich aufs Rad.

Zu Hause legte ich *Curtis Live* auf den Plattenteller und die Papiere mit den gestelzten Versen nebeneinander auf den Schreibtisch. Die oberen vier Zeilen waren identisch, nur die letzten Zeilen offerierten einen kleinen Unterschied. Der Zettel, den ich vom Flüsterer bekommen hatte, zitierte den Meister: *If there's a hell below / We're all gonna go*. Curtis Mayfield zum Mitsingen. Und plötzlich wusste ich auch, woher ich die letzte Zeile auf dem blutverschmierten Zettel kannte: *But they don't know th...* Ich drehte die Anlage auf und hörte genau hin: *But they don't know / there can be no show / If there's a hell below / We're all gonna go.* Die ersten beiden Zeilen hatte Hohlbein vermutlich vor den anderen bekommen. Er hätte die Drohung ernst nehmen sollen. Beim Soul geht es ums Überleben, beim Rock 'n' Roll um die verschiedenen Formen des Todes. Doch vielleicht hatte Hohlbein die Drohung gar nicht ernst nehmen können, weil er sie nicht verstand? *Aber sie wissen nicht / dass es keine Show geben kann / Wenn es eine Hölle gibt / werden wir alle dorthin kommen.*

5. Am nächsten Tag sollte es Klepzig schon wieder ins Radio schaffen, und dieses Mal war es vermutlich mehr nach Hösendorfers Geschmack.

Zu nachtschlafender Zeit klingelte Klepzig mich raus. Leicht benommen, war meine erste Vermutung, er habe ein paar Schätze aus seiner akustischen Folterkammer hervorgezaubert, die er jetzt mit mir teilen wollte. Dann fiel mir ein, dass ich seit bald vierundzwanzig Stunden auf seinen Rückruf wartete und er es war, der sich rar machte. Irgendwann hörte die Nächstenliebe auf, und dieser Zeitpunkt war jetzt gekommen.

«Ruf mich morgen an, Klepzig!» Ich wollte auflegen, da wimmerte es aus der Leitung.

«Ich habe nur einen Anruf. Hösendorfer hat mich verhaften lassen.»

«Ist er ja spät draufgekommen.»

Klepzig war einer der letzten ehrlichen Polizisten. Einer,

der sich nichts zustecken ließ, der seine Vorgesetzten verhöhnte und seine Verbindungsleute deckte. Solche Beamte werden heute gewöhnlich viel schneller aus dem Weg geräumt.

«Bitte, Meyer, geh in den Puff!»

«Danke für den Tipp, das rät mir meine Mutter auch immer.»

«Du musst rausfinden, wer sich unter meinem Namen ein paar flotte Nächte gemacht hat, im *Uschi Club*, du weißt schon. Unser Freund muss das ein wenig übertrieben haben. Die Herbergsmutter hat Anzeige erstattet wegen Nötigung, Erpressung und Hausfriedensbruch. Der falsche Klepzig hat nämlich bei seiner letzten Stippvisite die Einnahmen des ganzen Abends beschlagnahmt.»

«Und du bist sicher, dass du nicht hin und wieder ein paar Slayer-Platten rückwärts gehört hast und dann Stimmen, die dir sagen: Prügel die Puffmutter?»

«Quatsch. Der Typ ist ein Trittbrettfahrer. So was gab's schon in verschiedenen Städten. Normalerweise geben sich die Pufflutscher aber als Popstars oder Politiker aus.»

«Die Nutten wollen ja auch mal was zu erzählen haben.»

«Haben sie ganz sicher. Also bitte, Meyer, fahr hin und krieg raus, wer das war.»

Gut, dass Klepzig mein Grinsen jetzt nicht sehen konnte. Ein Bulle beauftragt einen Privatdetektiv. Klasse.

«Bezahlung klären wir später. Du kannst das Geld schon mal auf den Nachtschrank deiner Zelle legen.»

Ich fand das eigentlich gar nicht so komisch. Als ob es nicht genügte, dass ich auf Heuser verzichten musste. Jetzt also auch noch auf Klepzig.

Dafür ging ein alter Traum in Erfüllung: einmal für *Lost*

Songs Found im Puff zu recherchieren. In den alten Westernfilmen waren die Cowboys meistens in die Damen verliebt, die im Saloon tanzten. Ganz edle Exemplare holten ihr Herzblatt da natürlich irgendwann raus, weil es auf lange Sicht rentabler war, für das Geld eine Farm zu kaufen, den Whiskey selbst zu brennen und die Frau fest zu engagieren. Leider zeigten die Filme nie, wie es nach einem Jahr aussah, wenn den Frauen dämmerte, dass sie sich ihr Leben so eigentlich nicht vorgestellt hatten. *Fluss ohne Wiederkehr* fiel mir ein, Robert Mitchum und Marilyn Monroe. Mit dem Titelsong *River of No Return* in der Version von Hugo Race könnte ich eine meiner nächsten Sendungen eröffnen: *Lost Songs Found – Die Prosa der Puffmutter*. Dazu dann Gedichte von Thomas Brasch oder Wolf Wondratschek, die gern im Puff geschrieben haben. Songs über das älteste Gewerbe gab es genügend, mehr noch, einer meiner persönlichen Helden, John Lee Hooker, führte die Dienstleistung sogar im Namen.

Ich zog mich für den *Uschi Club* um. Vielleicht war ich nie dorthin gekommen, weil das Schild mich abschreckte: gekreuzte Beine, die vor dem Namen des Ladens aufleuchteten und die man durchaus als «M» lesen konnte. Der Puff lag in der Nähe der *Mitteldeutschen Zeitung*, und ich fragte mich, wer sich wohl zuerst da angesiedelt hatte. Vielleicht war das ja kein Zufall, sondern die Idee eines der genialen Stadtplanerhirne. Das nenn ich Infrastruktur. Puff und Regionalzeitung auf einer Höhe am Rande der Stadt. Zwei Dienstleister, die die komplette Bedürfnispalette der Dunkeldeutschen abdeckten: Sensationen, Sex und Kleinanzeigen. Und ein paar Meter weiter der Werkverkauf von Halloren-Kugeln. Da konnte man auf dem Heimweg noch was Schönes für Mutti mitnehmen.

Wenn Klepzig nicht auf Kosten des Steuerzahlers gevögelt hatte, dann musste es sich um eine bösartige Scharade handeln. Ich hatte keine Erfahrung mit Damen des horizontalen Gewerbes, auch wenn mir das keiner glaubt. Aber wenn sie so kooperativ waren, wie man es im Fernsehen immer sah, dürfte es relativ leicht sein herauszufinden, was dahintersteckte. Leider hatte ich keine Ahnung, wann die Heiligen Hallen ihre Tore öffneten, also rief ich den Taxifahrer meines Vertrauens an. Diesen Luxus leistete ich mir seit einiger Zeit. Rembert war eigentlich Künstler, drehte Underground-Filme, malte, arbeitete mit den irrsten Techniken der Fotografie. Leben konnte er nicht davon, also fuhr er Taxi. Er hatte immer die beste Musik im gutgelüfteten Auto und sprach kein Wort zu viel.

Jetzt klang er schlaftrunken, entweder hatte er noch ein paar gute Touren gehabt letzte Nacht, oder ihm war der doppelte Beton nicht bekommen, als er zu später Stunde im *Hölderlin* reingeschneit war, wo der Flüsterer und ich uns ein bisschen über Neil Young ausgetauscht hatten. Er schlurfte über die Worte, wie jemand Treppen steigt, der zu faul ist, die Füße zu heben.

«Rem-ber-t-Ta-xies. D-ie schne-ll-sten in Ha-ll-e.»

«Brachwitzer Brachvogelgehege», meldete ich mich.

«Scheiße, Meyer, was hast du mir da eingeflößt heute Nacht? Destillierte Antimaterie?»

«Wann macht der Puff auf, Rembert?»

«Und lobotomisieren tut das Zeug auch. Du hast doch gar kein Geld für 'n Puff.»

«Das leihst du mir, wenn du mich absetzt. Also, wann gehen die Schleusen auf?»

«Mittags zum ersten Mal. Viele Kunden nutzen die Mittagspause, vielleicht können sie es als Geschäftsessen absetzen, keine Ahnung. Danach ist nochmal Ruhe, dann der abendliche Ansturm.»

«Hör zu, ich hab keine Lust, dir zu erklären, warum ich da hinmuss. Kannst du mich gegen Mittag abholen?»

«Du musst mir nichts erklären. Ich hab in der achten Klasse in Biologie eine Einführung bekommen und hatte schon damals das Gefühl, dass sich mehr dahinter verbirgt als eine anatomische Versuchsanordnung ...»

«In der Achten warst du doch schon längst der größte Aktfotograf deiner Schule.»

«Um halb eins bin ich da.»

Ich rief Matthes an und ließ mir die Adressen der Überlebenden von Frohe Zukunft geben, die könnte ich danach abdackeln. Falls ich nicht ein paar von denen schon im Puff traf. Irgendwo mussten sich Rockmusiker doch tagsüber rumtreiben. Vielleicht traf man sie aber auch eher im Gartenbau-Center oder bei Möbel-Dieter, wo sie gerade ein neues weißes Ledersofa testeten. Ich stellte fest, dass ich viel zu wenig über Rocker wusste, über Nutten ebenso. Mein Bekanntenkreis bestand aus Radiofuzzis, Plattendealern und Polizisten, also lediglich aus Menschen, die in der Nahrungskette als Zweitverwerter galten. Ich beschloss, mich weiter an die Basis vorzuarbeiten, wenn ich mal Zeit dafür hätte. Matthes wollte wissen, was es Neues in Sachen Hohlbein gab.

«Ich muss nachher erst mal in'n Puff.» Ich lenkte ihn ab.

«Die Kohle verjubeln, die du noch gar nicht verdient hast? Du hast Nerven!»

«Apropos. Wie wär's mit 'nem Vorschuss? Und hast du eine Empfehlung, die Mädels betreffend? Ihr macht doch sicher eure Weihnachtsfeiern außer Haus.»

«Geh zu Triller-Uschi.» Damit beendete Matthes das Gespräch, die erste Frage hatte er einfach überhört. Jeden Abend die laute Musik im *Objekt 5*, kein Wunder.

Um 12.30 Uhr klingelte es an meiner Tür.

«Pünktlich wie die Maurer», begrüßte ich Rembert.

«Keine Anspielungen auf irgendetwas mit Beton», konterte der, wie üblich im Schottenrock. Rembert war Schottland-Fan. Sooft er konnte, fuhr er dorthin. Wenn es regnete, saß er dann den ganzen Tag in der Kneipe und glotzte Fußball. Und Rembert wusste sehr genau, wann dort Regenzeit war.

Im Auto lief ein Rod-Stewart-Song aus der Zeit, als der noch gut war und seine Alben nicht durch den Telefonhörer vollsang. Mein Fahrer ließ mich erst gar nicht zu Wort kommen und wechselte mit einem wissenden Blick die Kassette. *I've had relations with girls from many nations*, schnalzte es im schönsten Cockney-Englisch aus den Boxen. Ich hatte mir schon gedacht, dass Rembert es sich nicht nehmen lassen würde, auf das Ziel unserer Tour anzuspielen. *I've made passes to women of all classes*. Ich musste lachen.

«Danke für den Tipp.»

«Ich wusste, dass dir das gefällt. Alt-Zecken wie du lieben Billy Bragg.»

«Solange du nicht *Accident Waiting to Happen* spielst.»

«Seit wann gehst du eigentlich in den Puff, hab ich was verpasst?»

«Seit Thomas Brasch tot ist.» Ich dachte, ich würde ihn damit zum Schweigen bringen, aber ich hatte Rembert unterschätzt.

«Der kann fünf Stunden im Sessel sitzen. / Auch wenn keiner ein Radio vor ihn hinstellt. / Der kann seine Haut mit

dem Messer aufritzen / und zusehn, wie sein Blut auf den Boden fällt», skandierte Rembert Braschs *Papiertiger*. Wahrscheinlich hatte er mal einen Fotozyklus zu diesem Gedicht gemacht oder einen schweinischen Film.

«Ich fahr da nur zum Reden hin.»

Auch wenn es uncool klingt: Mir schlotterten die Knie ein wenig, als ich eincheckte. Wohl der Rest meiner bürgerlichen Erziehung oder zu wenig Peter Altenberg. Ich hätte mich ein wenig locker betonieren sollen, dachte ich. Der Schläger am Eingang musterte mich ausgiebig. Dann packte er mich am Hals und zog mich wie Gummi zu sich heran, als wolle er mich küssen.

«Ich bin eigentlich aus andersgeschlechtlichem Interesse hier», ließ ich ihn wissen.

«Hier läuft nix mit Schlüppern, Meyer.» Er zeigte mir seine Goldzähne.

Ich konnte hingehen, wo ich wollte. Die Schlüpfermorde klebten an mir wie ein Rudel anhänglicher Köter. «Reine Freizeitbeschäftigung», stammelte ich.

«Das will ich auch gehofft haben.» Tapfer balancierte der Kettenhund die Zeitformen und schenkte mir noch einen bösen Blick.

So lässig wie möglich schlenderte ich an die Bar. Dort mühte sich ein Vogel ab, dem ich gern empfohlen hätte, in den Süden zu verduften, bevor es kalt wurde. Ich zündete mir eine Zigarette falsch herum an, drückte sie aus und orderte Beton, in der Hoffnung, über den geringen Bekanntheitsgrad des Getränks ins Gespräch zu kommen. Die Dame, die aussah wie ein Wellensittich in der Mauser, verzog keine Miene, griff ein Glas, füllte Becherovka ein und knallte lieblos den Tonic drauf, der natürlich schäumte und beim Überlaufen den geliebten Kräuterschnaps an den Rändern wieder rausspülte. Sie presste ein spitzes «Ochzisch» durch die Zähne, das wie «Abzisch» klang. Neben mir nahm eine leichtbekleidete Frau Platz, ich erwartete den ersten Übergriff. Aber sie würdigte mich keines Blicks, bekam wortlos ein Bier hingestellt und hob an zum Rechenschaftsbericht. Ich erfuhr, dass Pralinen-Peter ihr den Tag gleich verdorben hatte. Einmal die Woche tauchte der Typ hier auf, und meine in rote Unterwäsche gewandete Sitznachbarin musste ihm eine Kiste Halloren-Kugeln auf dem Oberkörper zerquetschen und dann an ihm rumschlecken. Wenn sie fertig war, brauchte sie mindestens drei Bier. Sie hasste Süßigkeiten, und der Typ wusste das. Genau davon bekam er seinen Kick. Vor ein paar Jahren hatte sie in Hannover einen ähnlichen Fall gehabt, irgendein hohes Tier aus den Bahlsen-Werken mit seiner Keksperversion. Ich kippte mir Beton hinter die Binde und schaute irritiert.

Langsam füllte sich der Raum, Männer rückten ihre Schlipse zurecht, tranken noch einen Kaffee und verabschiedeten sich. War ich vielleicht bei der Vorstandssitzung von BMW gelandet? Ganz anders, als ich es aus Filmen kannte, kam nicht eine einzige Frau auf mich zu und fragte, ob ich ihr 'nen Drink ausgeben würde. Wahrscheinlich waren im Osten sogar die Nutten arbeitsscheu, oder sie hatten gerade ihre gewerkschaftlich genehmigte Mittagspause. Vielleicht fehlt mir das Codewort, überlegte ich, oder man muss erst irgendwo ein Antragsformular ausfüllen. Ich schnupperte unauffällig an meinen Achselhöhlen. Falsche Fährte, ich war frisch geduscht. Da hielt mir jemand von hinten die Augen zu.

«Ich mach's dir zu *Triller* vom Michael Jackson, und es kommt dir jenau bei's Jitarrensolo.»

«Triller-Uschi?»

«Jenau. Meine Nummer hat sich rumjesprochen, wa, meiner?»

Anstatt «mein Lieber» oder «meine Liebe» sagte man in Halle einfach liebevoll «meiner». Man verzichtete verbal auf alles, was mit Liebe zu tun hatte.

«Kann man so sagen.»

Ich musterte die einzige forsche Dienstleisterin des Unternehmens und fragte mich, warum ausgerechnet sie mich angesprochen hatte. Triller-Uschi war Ende dreißig und ausgesprochen attraktiv. Der Fummel, den sie trug, verdeckte nicht allzu viel von der Angebotspalette. Sie roch gut, und sie hatte Humor. Das konnte man nicht von vielen Frauen sagen.

«Sie haben aber einen besseren Schönheitschirurgen als der Michael Jackson.»

Uschi schob ihre Hände unter die ausladenden Brüste.

«Alles echt, meiner, außer die Locken. Ich hab se mir rinmachen lassen, der Michael raus. Das Leben ist unjerecht. Aber sonst ...»

«Was haben Sie denn außer Michael noch zu bieten?»

«Meine Rod-Stewart-Nummer. Ich setz mir 'ne blonde Perücke auf und schieß Fußbälle durchs Zimmer. Dein Freund Rembert liebt das.»

Und ich liebte Halle. Nun war mir auch klar, warum Uschi mich auf Anhieb entdeckt hatte.

«Haben Sie auch was von vor 1970?»

«Meine Johnny-Cash-Nummer. *Wo ist zu Hause, Mama* singt er, und ich büjel Hemden dazu.»

Ich begann, Klepzig zu hassen. Das Gitarrensolo von *Thriller*. Alter Schwede. Das hätte hart werden können.

«Okay, nehm ich.»

Ich folgte Uschi in Richtung Treppe und sah, dass sie das rechte Bein leicht nachzog. In ihrem Zimmer roch es ein wenig muffig. Bevor sie die Johnny-Cash-CD starten konnte, kam ich zur Sache.

«Wissen Sie ...»

«Ich weiß allet, mein Junge. Du hast es dir anders überlegt. Du hast von meiner *Whole-Lotta-Love*-Nummer jehört und stehst mehr auf Led Zeppelin. *I wanna whole lotta love.*» Sie schüttelte ihre Kaltwelle, machte kurz den stöhnenden Robert Plant und schleuderte lasziv ihre Puschelpumps in die Ecke.

«Ich bin eher im Auftrag eines Zeppelin-Fans hier.»

«Keinen perversen Schweinkram, Jungchen!» Uschi hatte jetzt doch den *Man in Black* gestartet, aus den Boxen kam sein komisches Deutsch: *Wo ist zu Hause, Mama, auf der großen Straße ...*

Während sie das Bügeleisen anschmiss, griff ich in meine Hosentasche und zog das Foto von Klepzig heraus. Triller-Uschi stellte das Eisen ab, nahm das Bild in die Hand und betrachtete es.

«Sieht aus wie 'n Bulle. Das kostet extra.»

«Alles, was ich will, ist eine Auskunft. Kennen Sie den Mann?»

«Nie jesehn.»

«Sicher?»

«Absolut.»

«Das ist ein Freund von mir, der hier Ärger gemacht haben soll.»

«Und der ist Zeppelin-Fan, sagst du? Dann wär der sicher bei mir jelandet.»

«Kann es sein, dass Sie jemanden nicht kennen, der hier verkehrt?»

«Absolut unmöglich, meiner, mir jehört das Etablissemang.»

«Mein Freund ist nämlich verhaftet worden, er soll hier Ärger gemacht haben.»

«Doch nicht etwa der von letzter Nacht?» Uschi zündete sich einen Zigarillo an.

«Genau der.»

«Quatsch mit Soße, der sah janz anders aus. Eher so Sorte Weichei. Zijarillo, meiner?»

Ich lehnte ab. Uschi machte es sich auf dem Sofa bequem. Ich ertappte mich bei dem Gedanken, dass ich ja später wirklich nochmal wiederkommen könnte. Sie hatte ihre Reize.

«Würden Sie das auch bezeugen?»

«Kein Problem, allerdings hab ich selten Zeit fürs Jericht. Es sei denn, du bezahlst mir den Ausfall.»

«Haben Sie die Polizei angerufen?»

«Janz jenau. Der Typ hatte sich als Bulle ausjejeben, sogar ’nen Dienstausweis jezeigt. Kommissar Klepzig, das hab ich der Polizei jesagt. Er hat nämlich die Einnahmen des janzen Tages beschlagnahmt. Aber ausjesehen hat der janz anders als auf deinem Foto. Eher wie dieser Kerner aus’m Fernsehen.»

Dann konnte es wirklich nicht Klepzig gewesen sein. Der war groß, schlaksig, hatte ziemlich lange Haare für einen Bullen, Haare, die immer grauer wurden und ihn immer interessanter machten. Behauptete er zumindest. Er sah dem älteren Townes van Zandt recht ähnlich, kurz bevor der im *Objekt 5* eines seiner letzten Konzerte gegeben hatte.

«Und wo würden Sie ihn musikalisch hinstecken?»

«Mach dich nicht lustig, Meyer, du befindest dich in einem der wenigen Unternehmen mit Zukunft in dieser

Region. Hier wird nicht nur blöd jevögelt. Bei mir jibt's Kunst.»

«Wenn Sie 'ne Nummer von Curtis Mayfield einüben, dann rufen Sie mich an. *Move on up* würde hier gut reinpassen. Ich mach Ihnen mal 'ne CD.»

«Ich sach dir was, meiner. Das is hier eines der wenigen Etablissemangs, das in deutscher Hand ist. Darauf sind wir stolz. Guck dich mal in Hamburg um, da rejiert die osteuropäische Mafia. Und warum? Weil wir Deutschen uns andauernd wejen der Verjangenheit schämen müssen, da kommen wir inne Jejenwart zu nix.»

«Du meinst, der deutsche Lude hat den Kosovo-Albanern das Feld geräumt, weil sein Opa bei der Waffen-SS war?»

«Pass ma uff, meiner. Die einen nennen es Kulturerweiterung Osteuropa, die andern Babystrich Tschechien. Jeder kann sich einen Namen aussuchen. Is 'n freies Land hier.»

Ich fragte mich, von wem Triller-Uschi diese knackigen Parolen hatte. Wahrscheinlich von den Politikern, die hier verkehrten.

«Ich will jetzt keinen auf Columbo machen, aber kennen Sie Oberstaatsanwalt Holger Hösendorfer?»

«Der war jestern Abend da. Er ging, als der falsche Klepzig gerade kam. Hösendorfer ist Volksmusik-Fan, ich muss ihm immer die Carolin Reiber machen.»

Ich grinste. Das würde ich mir merken.

«Basti, unser Einlasser, hat den Klepzig laut mit seinem Namen, also seinem falschen, anjesprochen. Ich sah, wie der Hösendorfer aufhorchte. Jegrüßt ham die sich aber nicht, von wejen die Erektion ... Diskretion mein ich, kleener Scherz.» Uschi verschluckte sich beim Lachen und hustete die letzten Zigarillos raus.

«Uschi, Sie sind ein Schatz!»

«Ich weiß. Empfiehl mich mal im Radio und vergiss die CD nich. Was haben eijentlich alle mit diesem Curtis Maifeld?»

Ich horchte auf. «So, wer denn noch?»

Uschi setzte die Verschwörermiene auf. «Ach, was sach ich.» Dann flüsterte sie mir einen Namen ins Ohr. Komischerweise den Namen einer Frau. Wahrscheinlich eine ihrer Kolleginnen. Glaubte Uschi, ich kannte die alle persönlich?

Kaum war ich wieder auf der Straße, fuhr Rembert vor. Er wusste wohl, wie lange ein Termin im *Uschi Club* etwa dauerte. Ich ließ mich in die Polster fallen, er gab Gas.

«Du hättest mir ruhig sagen können, dass du Stammkunde bei Uschi bist», tadelte ich ihn.

«Hatte sie was für deinen Geschmack?»

«Jede Menge. Jetzt fahren wir erst mal zur Staatsanwaltschaft. Klepzig war es nicht.»

Rembert sah mich leicht verstört an, so als hätte ich ihn gebeten, mich direkt in die Geschlossene zu bringen.

«Was war Klepzig nicht?»

«Der Pufflutscher. Klepzig ist nicht der Pufflutscher.»

«Du sprichst in Zungen, Meyer. Hätte ich die Geschichte nicht eben im Radio gehört, wüsste ich nicht, was du meinst. Soll ich auf dich warten?»

«Unbedingt!»

Das Justizgebäude in der Merseburger Straße war nicht eben schön zu nennen, aber es passte zu den Menschen, die dort ihre Verbeamtung absaßen. Man ließ mich mittlerweile rein, ohne mir Fragen zu stellen. Zwei Minuten nachdem ich den Pförtner passiert hatte, saß ich schon bei Hösendorfer auf dem Schreibtisch.

«Kennen Sie Kerner, Herr Oberstaatsanwalt?»

«Sie sind nicht angemeldet, Meyer!» Hösendorfer erhob sich und versuchte, bedrohlich zu wirken. Da er aber ungefähr einen Kopf kleiner war als James Cagney, konnte er so böse glotzen, wie er wollte, er wirkte bloß lächerlich.

«Kerner, das ist diese Fernsehquasselstrippe, die so aussieht wie Muttis Liebling. Und genau so sah der Typ aus, der sich gestern Abend im *Muschi*, äh, *Uschi Club* als Klepzig ausgegeben hat. Ich habe zwei Zeugen, und einer davon sind Sie!» Ich konnte sehen, wie Hösendorfer zu schwitzen begann.

«Das muss ein … Also wirklich, Meyer, was erlauben Sie sich, ich lass Sie rausschmeißen.» Er lockerte seine Krawatte, wischte sich die Stirn.

«Die kennen da doch jeden mit Namen. Auch wenn Sie sich als Roberto Blanco ausgeben, das hier ist 'ne Kleinstadt, Herr Hösendorfer! Und nun lassen Sie Klepzig raus, sonst ruf ich Ihre Frau an und sag ihr, sie soll schon mal die Sendung mit Carolin Reiber einschalten.»

Mit dieser Information ließ ich ihn allein.

6. Karlo Kaltwasser, der Sänger von Frohe Zukunft, teilte sich eine Wohnung und eine Flasche Schnaps mit seinem Techniker Frank Tauber. Die beiden hatten es sich schon gemütlich gemacht. Die Küche des alten Hauses am Reileck war eine Mischung aus Tonstudio, Bar, Badezimmer und Ersatzteillager. In einer Ecke gammelte eine Badewanne vor sich hin, darin Kabel, Effektgeräte, ein altes Mischpult und eine zerkratzte Gitarre. Daneben war ein Schlagzeug aufgebaut. Tauber spielte in einer Bluesband, wie er mir verriet, als ich die Schießbude näher betrachtete. Kaltwasser hielt mir ein Glas hin, ich lehnte ab.

«Tut mir leid, dass ich eure kleine Trauerfeier stören muss.» Ich setzte mich auf den Rand der Badewanne. Einen dritten Stuhl gab es nicht.

«Wir haben auf dich gewartet, Meyer, und uns ein wenig die Zeit vertrieben. Davon haben wir ja nun erst einmal jede Menge, zumindest bis ein neuer Mann gefunden ist.» Kaltwasser drückte sich umständlich aus. Er wirkte mitgenommen.

«Warum ein Mann? Kann es keine Gitarristin sein?», gab ich den alten Frauenrechtler.

«Bringt nur Ärger.» Das war Tauber. «Reichen doch schon die Mä-Mädels, die nicht in der Band sind sind.» Tauber versuchte, sein Stottern einfach mit der Zweifachnennung von Wörtern zu überdecken.

«Wie soll ich das verstehen?» Mein Blick wanderte zwischen den Küchenrockern hin und her.

«Hör nicht auf ihn», wiegelte Kaltwasser ab, «der quatscht seit Tagen nur Blödsinn.»

Tauber zog den Kopf ein, als habe ihm Karlo eine draufgegeben.

«Erzähl mir mal, wie das am Dienstag war. Du hast Hagen doch gefunden, Tauber, oder?»

«Na ja, eigentlich nicht ich ich allein ...» Er wand sich und schaute auf den verdreckten Linoleumfußboden. Unter den Staubflusen, Kippen und Bierdeckeln schimmerte ein Muster durch, das von der Tapete allerdings noch übertroffen wurde. Die mussten die Menschen in der Zone als Halluzinogen benutzt haben. Wahrscheinlich war auch das ein Trick der Partei gewesen: damit die Menschen immer nach vorne schauten. *Du hast ja ein Ziel vor den Augen.*

«Was heißt nicht allein? Matthes hat mir gesagt, du warst als Erster vom Essen zurück.»

«War ich auch. Aber zusammen mit mit Kaltwasser. Karlo meinte aber, es ist be-besser, wir sagen, ich hä-hätte ihn allein gefunden. Wegen der Presse und und so. Mich als Techniker würden die schon in Ruhe lassen. Kaltwasser hingegen wäre ein gefundenes Fressen. Gefundenes.»

Das war Karlos Stichwort. «Meyer, du weißt doch, wie das läuft, ich hätte dich am nächsten Morgen fett aus allen Gazetten angegrinst, direkt neben dem Foto von Hagen.»

«Ich lese keine Zeitung.»

«Nun komm schon, die Scheißpresse hat mich doch sowieso auf dem Kieker. Wegen meiner Vorstrafe. Diese blöde Drogengeschichte vor ein paar Jahren.»

Ich erinnerte mich. Damals hieß die Band noch Drugs on Demand. Kaltwasser hatte zu der Zeit an einem leichten Realitätsverlust gelitten und manchmal nicht gewusst, ob er jetzt Sänger oder Dealer war. Zumindest hatte er als Dealer mehr Auftritte gehabt.

«Lieber Gott, Karlo, du hast immer noch Schiss vor den Bullen. Läuft denn noch was mit Drogen bei dir?» Solch eine Frage konnte nur ein Privatdetektiv stellen. Klepzig hatte es im Verhör mit den beiden bestimmt nicht so weit gebracht.

«Quatsch, schon lange nicht mehr. Ich mach den harten Rock-'n'-Roll-Entzug. Mit Wodka. Wie Keith Richards und wie dieser Schreiber, der für Achim Reichel die Texte geschrieben hat.»

«Jörg Fauser?»

«Genau. Der mal auf Rohopium war und dann unters Auto gekommen ist.» Karlo nahm wie zum Beweis einen kräftigen Schluck.

Tauber nutzte die Chance und schaltete sich wieder ein. «In Halle gab es auch mal so so einen Dichter. Baader Holst. Ist unter die Stra-Straßenbahn gekommen. Ich hab hab noch die Gedichtbände. *Traurig wie Hans Moser im Sperma Weinholds* und ...»

«Bin ich hier auf dem Poetenseminar, oder was?»

«Aber der war gut, der Baader, hat auch in 'ner Band gespielt da-damals. Die letzten Recken oder wie die noch ...»

Ich musste ihn bremsen. «Ist ja gut, Tauber. Mach dein Germanistikstudium fertig. Mein Taxifahrer ist auch schon unter die Gedichteaufsager gegangen. Am Ende sitzen wir hier und lesen uns gegenseitig Durs Grünbein vor.»

Taubers Augen leuchteten auf. Karlo kippte nach, und ich zündete mir eine an.

«Also zurück zu Dienstagabend. Jetzt mal alles schön der Reihe nach. Ich zähle ein, Karlo fängt an.»

Umständlich begann der, den Hergang zu schildern. Musiker können einen wahnsinnig machen, dachte ich.

«Karlo, nur ganz kurz: Was genau ihr in der *Gosenschänke* gegessen habt, interessiert mich nicht. Fang einfach mit dem Moment an, als ihr zurück ins *Objekt* gekommen seid.»

«Ach, Meyer, lass dir das lieber von Tauber erzählen, ich hatte schon früh am Tag mit meinem Entzug begonnen und war nicht mehr so ganz klar.»

Das hätte ich mir ja denken können. Die Band war in den letzten Monaten immer zu spät auf die Bühne gekommen. Manchmal hatte es Karlo gerade noch so geschafft. Wenn er erst mal auf der Bühne stand, war alles okay, oder mehr als das: Er sang wie ein Gott. Aber da rauszukommen, ohne lang hinzuschlagen, das war eine andere Geschichte.

«Weißt du, Meyer, es war alles ein wenig wenig hart in der letzten Zeit», warf Tauber ein.

Dann übernahm Kaltwasser wieder das Mikro. «Wir sollten der verkackten Musikindustrie den Arsch retten. Die haben uns pausenlos um den Block gejagt. Die komplette Ochsentour, das volle Programm. Talkshows mit Moderatoren, die dauernd nach Grönemeyer fragen, Radioheinze, die bei *Rubber Soul* aufgehört haben, Popmusik zu hören, Interviews mit Provinzblättern, die wissen wollen, ob *Abrissbirne Diskokugel* als Allegorie auf den Kapitalismus zu lesen ist, und das ganze gestelzte Zeug, ob wir jetzt *Rammstein* ablösen wollen. Die schärfste Tussi hat versucht, uns in die Tradition von Keimzeit zu stellen. Dauernd mussten wir erzählen, dass wir die Quote schon aus dem Osten kennen, 60:40 hieß das damals, und damit haben wir uns dann bei allen Kollegen unbeliebt gemacht. Stress eben. Da kann man gar nicht anders.» Kaltwasser grinste schief, er sah irgendwie durstig aus. Tauber lehnte sich erschöpft und erleichtert zurück.

«Okay, verstehe, plötzlich buchstabiert sich Karriere völlig neu. Euer Problem. Ich muss wissen, was Dienstagabend passiert ist. Schön der Reihe nach, jetzt du, Tauber. Und ganz ruhig.»

«Wir saßen beim Essen, und Hagen hatte keinen Appetit. Kam öfter vor in den letzten Monaten. Er meinte, er will noch ein paar Effekte probieren, schließlich ist man in der Heimatstadt ja immer doppelt aufgeregt.»

Ich nickte ihm zu. Je mehr Tauber trank, desto weniger stotterte er.

«Hagen verschwand also gegen 19 Uhr. Eine halbe Stunde später ging Karlo. Dem hatte ich empfohlen, sich noch etwas hinzulegen. Ich verließ die *Gose* kurz vor halb neun. Einlass sollte erst gegen 21 Uhr sein, wir spielen nicht so gern, wenn draußen noch die Sonne scheint. War also genug Zeit für einen zweiten Soundcheck.» Kaltwasser gähnte, während Tauber weiterredete. «Na, und als als wir da ankamen, da saß Matthes mit ’n paar paar Leuten vorm *Objekt* und meinte, Hagen sei gerade dabei, den Begriff Lautstärke neu zu de-definieren, und wie Karlo wohl pennen könne bei dem Lärm. Gerade eben erst hätte Hagen Ruhe gegeben. Matthes und ich sind also rein, und da sahen wir ihn ihn ihn liegen. Mit der Gitarre im Rücken. Karlo war gerade aufgestanden und ist gleich kotzen gegangen.»

«Und du?»

«Hab Jaco angerufen, unseren Bassisten, der ist ist eigentlich Arzt und war sowieso auf dem Weg. Den Rest kennst du.»

«Das heißt, Karlo war eigentlich schon vor dir drinnen?»

«Ja, er hat gepennt, hab ich doch gesagt.»

Karlo räusperte sich. «Ich hab den Schlaf der Gerechten geschlafen, hat Tauber doch gesagt.»

«Wer auch immer diese Gerechten sind, als Tauber kam, hast du nicht mehr geschlafen.»

Kaltwasser guckte böse. Er fummelte sich eine Zigarette aus der Packung. «Glaubst du wirklich, ich bring erst unseren Gitarristen um und schlag dann vor, Schlau-Meyer zu engagieren?»

«Karlo, vielleicht überlegst du einfach nochmal, ob dir irgendetwas aufgefallen ist!»

Aber Kaltwasser stand der Sinn nicht nach Nachdenken. «Hör zu, Meyer, das ergibt doch keinen Sinn. Wir waren gerade dabei, es zu schaffen. Ganz groß rauszukommen. Wir waren froh, dass wir Hagen hatten. Glaubst du, es war leicht, ihn bei den Perlen abzuwerben?»

«Wie war das genau mit den Perlen?», fragte ich. Matthes hatte ja schon so was erwähnt.

«Lange Geschichte, das.» Kaltwasser ließ sich nach hinten fallen.

Mir reichte es auch. Ich beschloss, es einen Tag zu nennen. Klepzig im Knast, Rembert mit Betonkopf, Triller-Uschi und jetzt diese zwei Ritter von der traurigen Gestalt, von denen einer so sprach, wie der andere aussah. Das waren mehr Typen, als man im Gesamtwerk von Peter Handke je antreffen würde.

«Zum Abschied nehm ich auch einen.»

Tauber schüttelte bedauernd den Kopf und hielt mir die leere Flasche hin. Kaltwasser war eingeschlafen und begann zu schnarchen.

«Du kannst mir helfen, Karlo ins Bett zu bringen.»

«Mach ich doch gern, danach leg ich euch noch die Klamotten für morgen früh raus. Und falls eure Hemden nicht gebügelt sind, dann versucht es mal bei Triller-Uschi.»

«Die kennst du auch? Die war früher mal mit Elvis zusammen.»

Was hatten die nur alle mit Elvis?

Tauber verstand meinen Blick. Er packte Kaltwasser bei den Schultern, ich an den Beinen, und Tauber navigierte. Nachdem wir die Wodkaleiche abgelegt hatten, untersuchte ich mit ein paar Blicken noch Kaltwassers Zimmer. Auf dem Schreibtisch sah ich das Foto einer Frau. Ich griff zu und hielt es Tauber unter die Nase.

«Seine Freundin?»

«War mal. Hat ihm der Sänger der Perlen ausgespannt. Karlo vermutet Rache für den abgeworbenen Gitar-Gitarristen. Wenn Karlo einen umbringen würde, dann den.»

«Also Bild- und Tonstörung zwischen Karlo und seiner Ex?»

«Kann man so sagen. Obwohl ich schon gestaunt habe,

dass Anja am Dienstag eine Karte fürs fürs Konzert gekauft hat, als wir noch beim Aufbauen waren. Vielleicht wollte sie ja zu Karlo zurück. Oder sie hatte Langeweile. Ich bin auch mal mit ihr im Be-Bett gelandet, als Karlo dicht war und in der Küche am Tisch eingeschlafen ist. Ich glaube, sie hatte oft Langeweile.»

«Und wie heißt der Typ, der Karlo Anja ausgespannt hat?»

«Eduard Vetter. Ein ganz netter Vertreter der Gattung Rockmusiker. Sagt Kaltwasser immer.» Tauber hatte den letzten Satz fehlerfrei hinbekommen. Ich wusste noch nicht, wie schnell ich den wieder hören sollte.

7. Wie üblich weckte mich am nächsten Morgen das Telefon. Klepzig klang so erregt, als würde er gerade mit Triller-Uschi *Kashmir* von Led Zeppelin choreographieren. Ich ließ das Sperrfeuer an Information gelassen auf mich einprasseln. Im Halbschlaf telefonierte ich am liebsten.

Dann schreckte ich plötzlich auf: «Was hast du da gerade gesagt?»

«Eduard Vetter. Ein ganz netter Vertreter der Gattung Rockmusiker.»

Es war so weit. Sie dürfen mich nicht kriegen, dachte ich.

«Déjà-vus sind Fehler in der Matrix», ließ ich Klepzig wissen.

«Warst du auf'm Bau letzte Nacht, du klingst voll zubetoniert, oder was soll der Matrixscheiß?»

«Ein ganz netter Vertreter der Gattung Rockmusiker. Das war haargenau der letzte Satz, den ich gestern gehört habe.»

Ich setzte mich auf. «Ach, und wie wär's erst mal mit: *Danke, Meyer, dass du mich aus dem Knast geholt hast?* Dir steht ein ganzes Archiv der guten Erziehung zur Verfügung, aber du bist und bleibst eine Ostbirne.»

«Was soll das heißen, alte Countrybulette, mich aus dem Knast geholt? Das war doch Hösendorfer. Der hat den Typen angeblich auch schon gefasst.»

Die Umwertung aller Werte hatte eingesetzt, jemand, den ich für meinen Freund gehalten hatte, weckte mich mit einem fiesen Witz, statt mir frische Brötchen ans Bett zu bringen.

«Danke, dass du mich aus dem Schlaf geholt hast.» Warum Gleiches mit Gleichem vergelten, ich konnte Klepzig ja vorführen, wie es ging.

«Spinnst du jetzt völlig? Hast du 'ne Krise. Ist es wegen Heuser?»

«Sag jetzt einfach ganz langsam, was du willst, Klepzig, und dann leg auf.»

«Eduard Vetter, der Sänger der Erfurter Band Perlen, ist gestern Abend ermordet worden. Ich dachte, das würde dich interessieren. Aber wahrscheinlich pflegst du deinen Weltschmerz und hast kein Interesse mehr an Dingen, die mit deinem Fall etwas zu tun haben könnten.» Rauschen in der Leitung, dann Tuten. Aufgelegt.

Wenn man Klepzig um etwas bat, hielt er sich meistens genau daran. Ein paar Manieren hatte er sich eben doch bewahrt.

Da ich nun schon einmal aufrecht saß, verordnete ich mir zunächst Aspirin und dann eine kurze Bilanz. Ich fühlte mich verarscht und verlassen, aber fünf Tage Trauer waren genug. Ich wusste, dass mein Kettenhemd jetzt stabil war wie nie, auch wenn es sich nur um mein altes Cowboy-Junkies-T-Shirt handelte. Der ideale Zeitpunkt, um der Sache mit Heuser ins Auge zu blicken.

Heuser war in einem bedenklich nüchternen Moment auf die falsche Fährte geraten. Ein Schritt kann manchmal alles verändern. Er war der gefährlichsten Droge unserer modernen Zeit ins Netz gegangen: dem Versprechen nach Selbstverwirklichung. Ich rekonstruierte unseren letzten Abend im *Hölderlin*. Dauernd hatte Heuser die Begriffe Erotik und Esoterik verwechselt. Dachte ich zumindest. Bis ich merkte, dass er es ernst meinte. Dieses Gespräch zu vergessen würde harte Arbeit werden.

«So, wie wir leben, Hank, das führt in eine Sackgasse. So kann es nicht weitergehen», hatte mich Heuser informiert.

«Wichtig ist doch, dass es überhaupt weitergeht. Die meisten Menschen wissen leider nicht, dass es Licht an beiden Enden des Tunnels gibt, und deshalb kriegen sie Angst.»

«Du und deine klugen Sprüche. Wie stellst du dir denn dein Leben in zehn Jahren vor, Hank? Willst du da immer noch mit Klepzig und mir auf Rockkonzerte gehen und Bier trinken?»

«Wenn bis dahin nichts Besseres erfunden wird.»

«Ich will noch was Großes machen.»

«Hast du doch schon. Du bist in den Osten gegangen ...» Lass uns in den Osten gehen, Hank. Genau das hatte Heuser zu mir gesagt, vor zehn Jahren mittlerweile, als wir beide noch in Hessen lebten. Abenteuer und weniger neurotische Frauen hatte er mir versprochen, er, der nach einer abgebrochenen Doktorarbeit über Boris Vian in Halle dann als Nachrichtensprecher beim Radio anfing. Und mir gelegentlich bei der Aufklärung meiner Fälle zur Hand ging.

«Dafür kommst du später in den Himmel der Furchtlosen. Da gibt's Guinness umsonst.»

Heuser nippte an seinem Mineralwasser. Ich musste kein Privatdetektiv sein, um das verdächtig zu finden.

«Ich denke ernsthaft über eine Familie nach, Hank.» Jetzt war es raus.

«Und ich über einen Marsflug, Heuser.» Eine schnelle Replik, aber kein Konter. Im *Hölderlin* galt eine kurze Liste von Tabus, und das F-Wort stand da so ziemlich an erster Stelle.

«Familie ist ein Überbleibsel der unspezialisierten Vergangenheit, als ein Mann noch seine eigenen Schuhe machte und sein eigenes Brot backte», zitierte ich nach kurzer Bedenkzeit.

«Von wem stammt das? Plastic Bertrand oder Bernd das Brot?»

«Dicht dran. Bertrand Russell.»

«Woran merkst du eigentlich, dass du älter wirst?» Neunmalkluger Blick.

«Zum Beispiel daran, dass ich den *Rolling Stone* immer zuerst bei den Wiederveröffentlichungen aufschlage. Wäre ja möglich, dass ein paar alte Helden endlich mal auf CD erscheinen.»

Heuser war von dieser Antwort alles andere als überzeugt. Im weiteren Verlauf des Abends weihte er mich in seine Pläne ein. Einen Yoga-Kurs hatte er bereits heimlich absolviert. Als Nächstes würde er sich einem Versuch unterziehen. Er hatte von einer WG alleinerziehender Mütter gehört, in die Männer mit einziehen können, um zu testen, wie das so ist, mit Kindern unter einem Dach. Das wäre der erste Schritt. Außerdem wollte er mit den Kneipenbesuchen aufhören und die Zigaretten reduzieren. Natürlich gehörte zur Änderung der Lebensweise auch die Änderung des Umgangs. Damit waren Klepzig und ich gemeint. Sobald er sich eingelebt hätte, würde er wieder von sich hören lassen. Das Ende einer wunderbaren Freundschaft. Uns blieb nicht einmal Paris.

Ich stand ganz allein da, was genauer betrachtet bedeutete, dass mich auch niemand verraten konnte. Dieser Gedanke machte mir Mut. Ich brühte erst mal frischen Friesen, den letzten Freund der Alleingelassenen.

Und wo ich schon mal dabei war, stellte ich die Teeuhr auf drei Minuten und gab mir genauso viel Zeit, um an Gisela zu denken. Mehr nicht. Gisela. Gisela Manfraß, meine Kollegin vom Einserprogramm, die Übermutter des Schnulzenorgans, Sexbombe und Alleunterdentischtrinkerin, die die Musik hasste, die sie im Radio spielte, und mit der ich seit längerem ein Bratkartoffelverhältnis ohne Bratkartoffeln pflegte: Gisela hatte sich rar gemacht. Sie hatte sich mit einem Typen zusammengetan, mit dem sie irgendetwas gründen wollte. Eine Firma, ein Fuhrunternehmen, eine Familie. Für ein halbes Jahr konnte ich sie vergessen. Na gut, sagen wir, für drei Monate. Gisela war nicht nur schnell, sie war sehr schnell. Natürlich hatte ich großzügig, also eigennützig gesagt, sie könne mich ja anrufen, wenn es vorbei sei.

Schon wieder das F-Wort. Das Ganze musste ein übler Traum sein. Die eine Hälfte der Menschheit hatte die Familiengründungsepidemie und ging freiwillig in Quarantäne, die andere versuchte, mich mit Déjà-vus kleinzukriegen. Ich machte ein paar Liegestütze, danach ein paar Sit-ups. Und der Gitarrist der einzigen Band, die im Osten für irgendetwas stand, lag im Leichenschauhaus. Seine Gitarre befand sich noch im Labor und würde danach in Klepzigs Büro landen, der das Mordinstrument vermutlich zwischen seine Poster von Peter Steele und Robert Plant hängen würde.

Und Eduard Vetter war auch auf dem absteigenden Ast, wenn ich Klepzig richtig verstanden hatte. Wahrscheinlich lief dort draußen ein Serienmörder rum, der dafür sorgen wollte, dass die Scorpions die einzigen Überlebenden einer ohnehin sterbenden Musikindustrie blieben. Dass es noch schlimmer kommen sollte, konnte ich an diesem Morgen nicht ahnen, ich hatte nur so ein vages Gefühl. Aber das hatte ich immer.

Mein Kühlschrank gab etwas von sich, das nicht nach «Guten Morgen» klang. Am besten gleich wieder hinlegen, dachte ich, als mir einschoss, dass Freitag war. Der wichtigste Tag der Woche. *Lost Songs Found* wollte vorbereitet werden, schließlich trug ich eine wirkliche Verantwortung fern von imaginären Familien und anderen Ausreden. Ich musste meine Miete bezahlen.

Die *Prosa der Puffmutter* wollte ich mir noch aufheben. Die heutige Sendung stand im Zeichen der Trauer.

Der Abend kam. Ich spielte ein paar Stücke von *Abrissbirne Diskokugel.* Außerdem *Leben den Lebenden* von der Hamburger Band Die Erde. Deren Sänger Tobias Gruben saß auch schon länger nicht mehr am Tresen. Vielleicht hatte er bereits zu Lebzeiten keinen Spaß daran gehabt, zumindest sahen die Fotos, die es von ihm gibt, so aus. *Kein Volk – kein Land – keine Heimat – keine Heirat – keine Rettung – kein Recht – keine Richtung – kein Mut – keine Hoffnung – keine Achtung,* sang Gruben, und mir wurde klar, woran sich Frohe Zukunft orientiert hatten.

Ein Toter aus der Nachbarschaft reichte pro Sendung, also hob ich mir die Perlen für nächste Woche auf und bombardierte meine Hörer mit ein paar ewig Untoten. *Coma Girl,* die erste Single vom postumen Joe-Strummer-Album, spielte ich für Heuser. Strummer hatte seinen fünfzigsten Geburtstag nicht überlebt. Wenn man schon das ganze Jahr feiert, dann sollte man wenigstens den Geburtstag auslassen. Alter Wahlspruch von Jeffrey Lee Pierce. Hatte ihm zwar nichts genützt, aber für heute Abend musste er herhalten. Gun Club, dann Led Zeppelin für Uschi und Elvis Costello. Und natürlich Warren Zevon. Seit der tot war, spielte ich jede Woche einige Höhepunkte aus seinem Werk. Ebenso von Johnny Cash und Elliot Smith. Am Ende etwas von den Einstürzenden Neubauten: *Dead Friends Around the Corner* und schließlich das Curtis-Mayfield-Stück, das auf den Hohlbein-Zetteln zitiert wurde. Falls der Verfasser zuhörte, sollte er wissen, dass seine Botschaften angekommen waren, allerdings zu spät.

Nach der Sendung bekam ich eine SMS von Klepzig: *Morgen früh dringend sprechen!*

Gutes Timing, mir fehlte er auch irgendwie.

8. Klepzig würde mich im *Hölderlin* zum Frühstück erwarten. Auf dem Weg dorthin fasste ich zusammen, was ich bisher wusste. Wie hatte Tauber noch gesagt: Wenn Kaltwasser einen umbringen würde, dann Eduard Vetter, der habe ihm schließlich die Freundin ausgespannt. Ich hatte den Toten Nummer zwei noch nicht richtig verdaut.

Durchs Fenster sah ich Klepzig am Tresen sitzen, er palaverte mit dem Wirt, es war wie immer. Der Wirt hieß ja auch immer noch Ulli, was die meisten Stammkunden schon überraschte. Nicht, dass er immer noch so hieß, sondern dass man ihn immer noch nicht wegen seiner recht freizügigen Interpretation des Steuerrechts weggesteckt hatte. Oder dafür, dass er manchmal Rezepte für Medikamente einlöste, die es gar nicht auf Rezept gab.

Sie sprachen vermutlich über *Früher* oder über *Später*. Selbst Sechzehnjährige debattierten ja heutzutage über die Rente. Und Jungs Mitte zwanzig fragten in ihren Songs: *Wovon sollen wir morgen leben*. Der Rock 'n' Roll war dort angelangt, wo er einst hergekommen war: in der Sicherheitsfalle.

«*Sooner or later one of us must know*», sang ich die beiden zur Begrüßung an. Sie waren vertieft in irgendwelche Punkte und Rechnungen und hauten sich ihre gefährliche Halbbildung um die Ohren. Ich schenkte mir meinen Kaffee selbst ein. Wahrscheinlich musste ich die Kasse klauen, damit sie mich bemerkten.

Welche Filmszene würde Heuser jetzt wohl einfallen? Vielleicht die aus dem Kaurismäki-Streifen, wo Joe Strummer in einem Pub spielt, und alle sitzen am Tresen und sind völlig gelangweilt. Falls das ein Kaurismäki war.

Auf einmal bemerkte mich Klepzig, der erstaunlich gut gekleidet war und frisch rasiert. Mit großer Geste breitete er die Arme aus und umschloss mich. So liebevoll, als habe er es mit einer seiner Schallplatten zu tun.

Ich befreite mich aus seinem weihevollen Würgegriff. «Kommt man jetzt nur noch mit Anzug in den Knast? Oder wo wolltest du hin?»

«Woran hast du gedacht?» Klepzig schien so gut gelaunt wie lange nicht. Und das, obwohl einer seiner Lieblingsmusiker das Zeitliche gesegnet hatte.

«An Triller-Uschi, die braucht deine Hilfe als Led-Zeppelin-Experte.»

Klepzig fand das nicht sonderlich komisch. «Ich möchte

nicht wissen, was passiert, wenn ich dort wirklich hingehe. Wahrscheinlich lässt Hösendorfer mich abknallen von der GSG 9.»

«Oder er erledigt das selbst. Der lässt dort nämlich auch die Hosen runter. Er hat eine Carolin-Reiber-Perversion.»

Klepzig reagierte nicht darauf. Ganz offensichtlich: Er war heute nicht in der Stimmung, sich über Dienstliches zu ärgern. Ulli verschwand in der Küche.

«Hösendorfer hat den Pufflutscher tatsächlich gekriegt. Irgend so ein armer Junge aus der Polizeischule. Danke übrigens fürs Rausboxen. Hattest du Auslagen?»

Da war also mal ein Ossi lernfähig.

«Kann man so sagen. Triller-Uschi ist nicht gerade billig, und von dem, was der Beton im Puff kostet, kannst du fast ein Haus bauen.»

Aus der Jukebox erklang der frühe Elvis Costello mit *My aim is true*. Alles schien sich zu fügen. Wenigstens Klepzig war mir geblieben, wenn auch als Anzugträger.

Ulli platzierte zwei Klepzig-Special No. 1 auf dem Tisch und mischte sich ein: «Die Triller-Uschi, die soll früher auch mal mit dem Baader Holst zusammen gewesen sein, diesem durchgeknallten Dichter. Hinten im Büro hab ich seine Bücher.»

Ich nickte wissend. «Du bist schon der Zweite, der mir diese Gedichtbände zeigen will. Hab ich in irgendeiner Frauenzeitung einen Artikel über den Neuen Mann verpasst, oder macht ihr jetzt alle euren Doktor?»

Ulli guckte beleidigt. «Du hast doch keine Ahnung, Meyer, der Typ war klasse. Das waren noch Gedichte, voller Saft und Kraft. Das war Punk, wie Goethe ihn geschrieben hätte. Wenn er Punk gewesen wäre.»

«Nur war Goethe ein Krautrocker.»

«Sag ich doch. Aber Baader Holst, der war von einem andern Schlag, der hätte berühmt werden können im Underground.»

Ein Wichtigtuer, der schon früh am Morgen Bier trank, drehte sich zu uns um. «Berühmt und Underground widerspricht sich.»

Ich schätzte ihn auf achtzehntes Semester Soziologie. Einer von denen, die theoretisch alles über Arbeit wussten. Erst tat Ulli so, als habe er nichts gehört, dann atmete er tief durch, sein Bauch spannte unter dem Gürtel mit dem Texas-Stern. Mit zwei Schritten war Ulli bei dem Jungphilosophen, riss ihm das Bier aus der Hand und schüttete es in den Ausguss. «Du widersprichst dir auch, meiner! Subtrahier dir!»

Der Typ war perplex. Er rang nach Luft, unternahm dann aber noch einen letzten Versuch. «Ich wollte bloß mitreden, Alter, war nicht so gemeint.»

Ich empfahl unserem jungen Freund die Mensa und wandte mich wieder an Ulli. «Sag mal, was ist eigentlich los in diesem Halle? Plötzlich ist das hier die Stadt der toten Dichter und Denker, oder was? War doch mal die Hochburg der roten Richter und Henker. So kann man sich irren ... Und jetzt möchte ich gerne in Ruhe mit Klepzig reden. Falls das möglich ist.»

Klepzig und ich zogen uns auf unseren Stammplatz in der Country-Ecke unter dem ausgestopften Pferdekopf zurück. Das Lyrik-Seminar war vertagt.

«Stimmt das mit Eduard Vetter, oder hab ich das geträumt gestern früh?»

«Na endlich! Ich dachte schon, du sprichst mit einem, der gerade aus der U-Haft kommt, nicht über Fälle.»

Klepzig schien erlöst. Er gab mir kurz die Fakten durch.

Eduard Vetter war gestern früh tot im Proberaum der Perlen gefunden worden. Der Proberaum diente auch als Studio. Vetter schloss sich dort mitunter nächtelang ein und mischte die neuen Songs. Er stand unter Druck. Nach dem Weggang von Hagen Hohlbein und dem plötzlichen Erfolg der Frohen Zukunft wollte er es sich beweisen. Oder besser: den anderen.

«Wer hat ihn gefunden?», fragte ich.

«Seine Freundin, eine gewisse Anja Heinze.»

Anja Heinze, Karlo Kaltwassers Ex, kombinierte ich.

«Die ist nach einer kurzen Vernehmung allerdings an die Ostsee gefahren, nach Heiligendamm.»

«Jetzt hat die Musikindustrie schon zwei Märtyrer mehr. Womit ist er ermordet worden?», störte uns Ulli erneut.

«Hatte den Dorn seines Cellos im Rücken.» Klepzig nahm eine Gabel und drückte sie Ulli in die Hüfte. Ein Zucken ging durch meine Eingeweide. Man konnte sagen, was man wollte. Das hier waren keine simplen Morde, sondern erste Kajüte.

«Das sind die Poeten unter den Mördern.» Klepzig hatte wohl meine Gedanken gelesen.

«Gibt's irgendeine Spur?»

«Vetter hatte einen zusammengeknüllten Zettel im Mund und einen in der Hosentasche. Mit einem Gedicht drauf. Hier hast du 'ne Kopie. Das Original haben die Erfurter Kollegen.»

«Lass mich raten: ein Gedicht von diesem Baader Holst?»

«Keine Ahnung, von wem. Klingt wie ein übersetzter Text von den Sisters of Mercy.»

Klepzig schob mir den Zettel rüber. Ein Blick genügte. Volltreffer! Der Text war identisch mit dem auf den Hohlbein-Zetteln.

Wieder variierten die letzten Zeilen. Auf dem einen Papier hieß es: *Everybody's praying and everybody's saying.* Das zweite vervollständigte den Reim: *But when come time to do everybody's laying.* Klepzig blickte mich fragend an.

«Woher die deutschen Zeilen stammen, weiß ich nicht. Die englischen sind spätes zwanzigstes Jahrhundert. Genauer gesagt aus einem Song von Curtis Mayfield von 1970. Mit dem schönen Titel *(Don't Worry) If There's a Hell Below.*»

Klepzig schnalzte mit der Zunge, wie er es immer tat, wenn ihm ein Fisch ins Netz gegangen war.

«1970, sagst du? Dann rate mal, wann unsere beiden toten Helden geboren wurden?»

«Das bringt uns jetzt echt weiter. Klasse, Klepzig!» Ich winkte ab.

«Wir müssen jeder Spur nachgehen, Meyer!»

«Das hat Derrick auch immer gesagt.»

«Genau! Und wenn du einen Führerschein hättest, könntest du jetzt schon mal den Wagen vorfahren. Wer hilft uns bei den deutschen Zeilen?»

«Da gibt es nur einen.»

Ich zahlte und verabschiedete mich in Richtung Sauna. Wie immer samstags gegen Mittag, dann war es dort am ruhigsten.

9. Wieder zu Hause, gönnte ich mir einen längeren verspäteten Mittagsschlaf. Danach checkte ich meine Mails. Auch gegen 22 Uhr staute sich die Hitze noch in meiner Dachwohnung. Bis auf ein paar Flaschen war der

Kühlschrank zwar leer, aber leider zu klein, um hineinzuklettern.

Die meisten Nachrichten waren Spam und wanderten direkt in den Papierkorb. Eine Mail stammte von einem gewissen Elvis Krömpel-Scharfschwerdt, der sich als Agent im besonderen Auftrag der Plattenfirma von Frohe Zukunft vorstellte und mich gern treffen wollte. Ich überlegte, wo mir der Name Elvis in den letzten Tagen schon mal untergekommen war. Fiel mir nicht ein. Krömpel-Scharfschwerdt hatte einen geschmacklosen Nachruf vorbereitet, den er im Anhang mitschickte. Er stellte Hagen Hohlbein in den großen rockmusikalischen Zusammenhang und sparte nicht mit Referenzen, von Jimi Hendrix bis Kurt Cobain. Ekelerregend. Kein Wunder, dass die Musikindustrie am Abnippeln war.

Die zweite Mail, die ich zu lesen bereit war, kam von Heuser. Endlich ein Lebenszeichen, wenn auch aus dem Paralleluniversum.

Lieber Hank,
die Versuchsanordnung steht. Um herauszufinden, ob das Leben mit Kindern unter einem Dach überhaupt zu mir passt, wohne ich jetzt für eine Zeit in dieser WG. Ja, ich habe Herr der Gezeiten *gesehen und* Eine schrecklich nette Familie *auch – na und?! «Was man nicht versucht», hat mein Opa immer gesagt.*
Ich wohne hier mit drei alleinerziehenden Müttern und ihren Kindern, zwei haben Töchter, eine einen Sohn.
Ein Mädchen geht schon zur Schule, die anderen in den Kindergarten. Die Mütter sind ein bisschen öko, so mit Walle-Wallekleidern und was noch dazugehört. Eigentlich nicht mein Fall, aber ich bin ja aus anderen Gründen hier.

Ansonsten läuft's wie in normalen WGs. Natürlich ist jeder mal dran mit Babysitten, aber das ist okay, da ich abends ohnehin nicht mehr in Kneipen rumhängen will. Ich bin ziemlich gespannt, wie es wird, und halte dich auf dem Laufenden. Morgen gehe ich mit der Rasselbande ins Kino: Kindergarten Cop. *Ich weiß, dass du denkst, ich bin bescheuert. Manchmal denke ich das ja selbst. Take it easy!*
Heuser

Noch vor einer Woche hätte ich das für einen Scherz gehalten. Aber ich wusste, Heuser machte Ernst. Das Szenario klang nach *Allein unter Frauen.* Heuser konnte den Film nicht kennen, er hasste deutsche Komödien. Hatte er bisher zumindest.

Panik befiel mich. Vielleicht wird man so, wenn man mit dem Alkohol aufhört, dachte ich und warf meinen kleinen Betonmischer an. Der Kühlschrank ratterte schwer, trotzdem waren Becherovka und Tonic nicht richtig kalt. Dieser verdammte Jahrhundertsommer, jedes Jahr aufs Neue. Ich nahm Beton zur Brust. Alles drehte sich.

Kindergarten Cop. Alter Schwede, was war passiert? Hatte Heuser sterilisieren mit lobotomisieren verwechselt? Um die vierzig waren die meisten mit dem Projekt Familie doch schon wieder durch. Klepzig zum Beispiel. Dessen Leier hatte Heuser oft genug mit angehört. Klepzigs Frau war gerade dabei, ihm auch noch das Sorgerecht für die Kinder wegzunehmen. Sie durfte nichts von seiner vorübergehenden Verhaftung erfahren, das würde sie schamlos ausnutzen. Vielleicht hatte sie den Pufflutscher ja sogar selbst bezahlt. Und Ulli? Der hatte auch so ein dunkles Loch in der Vergangenheit. Familien, sagte Ulli, wenn er sich traute, das Tabu zu brechen, das auf diesem Wort lastete, Familien funktionieren doch nur noch in Italien. Ob das am Klima lag? Gab es da einen kausalen Zusammenhang? Die Erdoberfläche erwärmt sich, der Äquator verschiebt sich, und plötzlich werden alle zu Italienern und gründen Familien. Mir fiel ein alter Streit mit Gisela ein. Was heißt Streit, eher der Auslöser für eine unserer zahlreichen Trennungen. Sie hatte mir in ihrer ökonomischen Art mitgeteilt, dass ich nicht der Vater ihrer Kinder werden würde. Ich hatte daraufhin vorgeschlagen, diese gute Nachricht gehörig zu feiern.

Egal, was sie da jetzt mit ihrem neuen Kerl anstellte, ich beschloss, sie später anzurufen. Aber erst einmal sollte Heuser beweisen, dass er nicht umsonst auf Staatskosten studiert hatte. Jetzt, da er von sich aus die Kontaktsperre gebrochen hatte, konnte ich ihn ja wohl nach *«Des Menschen erster Widersetzlichkeit»* fragen.

Auf dem Anrufbeantworter verrieten mir quietschende Kinderstimmen, dass entweder keiner zu Hause war, alle schon schliefen oder niemand Lust hatte ranzugehen. Also doch Gisela zuerst.

«Manfraß.»

«Pizzeria Pinocchio. Ich wollte nur die Bestellung überprüfen. Einmal Pizza Latin Lover, richtig?»

«Meyer, weißt du, wie spät es ist?»

«Keine Ahnung. Was sagt die biologische Uhr?»

«Was willst du?»

«Fragen, ob dir meine Sendung gefallen hat.»

«Das ist vierundzwanzig Stunden her, ich kann mich nicht erinnern. Wenn du einsam bist, dann geh in den Puff.»

Gisela hatte aufgelegt.

Schlafen konnte ich bei der Hitze erst in den Morgenstunden. Also versuchte ich, die Zeit mit Internetrecherche totzuschlagen. In Zeiten der Rumgoogelei war doch nichts mehr geheim zu halten.

Des Menschen erste Widersetzlichkeit
Und jenes untersagten Baumes Frucht,
Die dieser Welt durch sterblichen Genuß
Den Tod gebracht und unser ganzes Leid

Es dauerte keine zwanzig Minuten, bis ich fündig wurde. Die Verse stammten aus einem Buch namens *Paradise Lost* von John Milton. Ich las eine kurze Inhaltsangabe.

Im Großen und Ganzen, so viel verstand ich, ging es in diesem prähistorischen Schinken um den Verlust des Paradieses durch den Ungehorsam des Menschen. Die Schwarte stand bestimmt in Heusers reichhaltiger Bibliothek, aber die hatte er wohl eher eingelagert, als sie in die WG mitzunehmen, in der es von natürlichen Feinden antiquarischer Bücher und wertvoller Schallplatten nur so wimmelte. Vermutlich hatte er höchstens ein paar Schriften zur Familienplanung und ein Soja-Kochbuch dabei.

Ich schrieb meinem alten Kombattanten eine Mail.

Lieber Heuser,
schön, dass es dir gutgeht unter Frauen und Kindern. Aber als du in Paris Chet Baker gehört hast, ging es dir auch gut. Ich erspare mir einen Exkurs über das Leben und komme direkt zur Sache. Ich bin an einem neuen Fall dran, mit den Umständen will ich dich jetzt nicht weiter belästigen. Bei meiner Recherche bin ich auf ein Buch gestoßen, das sich sicher in deinem Besitz befindet, und ich wollte dich bitten, es

mir zu leihen. Es heißt Paradise Lost *(also so ziemlich dein gegenwärtiges Thema) von John Milton, vielleicht kannst du mir sogar eine Verfilmung empfehlen, dann spar ich mir die Mühe, den Wälzer zu lesen.*
Mit ayurvedischem Gruß,
dein Hank
PS: Der Spruch von deinem Opa – «was man nicht versucht» – ist ja richtig. Schade, dass du diesen blitzgescheiten Kerl nicht persönlich kennenlernen konntest, da die Ostfront sein letzter Versuch war.

Ich drückte auf «Senden», überlegte kurz, ob ich Gisela einen boshaften Gruß schicken sollte, und verwarf die Idee. Der Ventilator brummte, der Beton summte, morgen früh würde die Welt wieder in der Mittagssonne glitzern.

Der Sonntag ging dahin mit Telefonieren, Kochen, Badputzen, Zeitungen wegwerfen und einer zur Abkühlung gedachten Fahrradtour. Auch an der Saale hatte mittlerweile eine von diesen komplett bescheuerten Strandbars aufgemacht. Überall Sonnenschirme, aufgeschütteter Sand und Stühle, in denen man nicht sitzen konnte. So also bereitete sich die Gastronomie auf die Klimakatastrophe vor.

Die meisten Leute waren weggefahren. Der Flüsterer saß vermutlich irgendwo anders am Fluss und angelte. Das *Objekt 5* hatte seit Hohlbeins Tod geschlossen, Matthes und seine Jungs wollten erst mal Gras über die Sache rauchen und nicht ständig an einem Ort rumhängen, der plötzlich ein Tatort war. Klepzig hatte diesen Sonntag ausnahmsweise seine Kinder, Heuser glotzte *Kindergarten Cop*, Gisela war verstimmt und andere Spielkameradinnen nicht in Aussicht.

Fürs Casino hatte ich kein Geld, im Kino kam nur Dreck, selbst auf den *Tatort* freute ich mich nicht unbedingt. Kommissar Ehrlicher war zwar als Schlafmittel medizinisch anerkannt, Euphorie löste er jedoch keine aus.

Ich befand mich irgendwie in der Sackgasse. Klepzig musste endlich mit ein paar Erkenntnissen rüberkommen, und ich musste herausfinden, was es mit dem Buch von diesem Milton auf sich hatte. Aber mir war zu warm, um nur ans Arbeiten zu denken. Und bei dem lausigen Honorar reichte eine Sechstagewoche auch aus.

10. Ich hatte das Gefühl, überhaupt nicht geschlafen zu haben, als Montag früh das Telefon klingelte. Immerhin: Auf dieses Wecksystem war inzwischen wirklich Verlass.

«Kreis Junger Poeten», meldete ich mich.

«Ich hab nachgedacht.» Klepzig räusperte sich, als wolle er mir einen Heiratsantrag machen. «Die Zettel sind die Lösung. Das sind Erpresserbriefe. Und ich bin sicher, du weißt inzwischen, von wem die deutschen Zeilen stammen.»

«Klar. Schließlich hast du Marcel Reich-Meyer am Apparat. Mensch, Klepzig, logisch sind das Blackmails, was denn sonst?»

«Sei ehrlich, Meyer, du steckst hinter dem Fall.»

«Ich stecke *in* dem Fall. Hohlbein und Vetter haben dieselbe Botschaft bekommen. Jeder einmal zur Warnung, beim zweiten Mal war dann Sendepause.»

«Was ist das für kryptischer Scheiß, Meyer? Sind wir hier in *Der Name der Rose* oder was? Hallesche Inquisition?»

Klepzig schien über Nacht die Pensionistenuni besucht zu haben.

«Viel früher. Zwölftes Jahrhundert oder so, John Milton, *Paradise Lost*.»

«Du meinst, wie die Band?»

«Ich wusste doch, dass ich den Namen irgendwie kenne. Gibt's die noch?»

Klepzig war es zu früh für eine Diskussion über Musik. «Frühstück im *Nöö*?»

«Ich bin gerade vom Joggen zurück, ich muss erst mal duschen.»

Ich hörte Klepzig lachen. «Okay, dann in einer Stunde.»

«Reach out, I'll be there.»

Ich legte eine alte Phillysound-Platte auf, *The Three Degrees,* das erste Album von 1973 mit dem schönen Klappcover, innen die Mädels in durchsichtigen Blusen. *Dirty Ol' Man* schallte aus den Boxen, die Nummer musste unbedingt auf die CD für Triller-Uschi, dachte ich und räumte die Überreste des gestrigen Abends zusammen. *Dirty. Dirty. Dirty ol' Man.* Ich tanzte durch die Wohnung.

Sollte ich je berühmt werden und sollte dann jemand in meinem Müll herumschnüffeln, wie bei Bob Dylan geschehen, müsste ich mir was einfallen lassen. Man kommt zu schnell ins Gerede. Weinflaschen konnte man vielleicht noch mit Kochen begründen, aber Becherovka? Höchstens als persönlichen Beitrag zur EU-Osterweiterung oder wie Uschi das genannt hatte.

Mit dem Badetuch um die Hüften tanzte ich rüber zum Computer. *Dirty. Dirty. Dirty ol' Man* ... Heuser hatte geantwortet. *When will I see you again,* sangen die Three Degrees gerade.

Hank,
ich muss dich enttäuschen. Vor Jahren hatte ich mal eine Erstausgabe von Paradise Lost, *aber die hab ich in Paris versetzt, als das Geld knapp wurde. Hat auch nie zu meinen Favoriten gehört. Deshalb mein Tipp: Du bekommst das Werk sicher in der Reclam-Ausgabe für wenig Geld. Weißt schon, diese kleinen, kanariengelben Hefte. Dann kannst du es abends bei Ulli lesen. Bei der Gelegenheit beste Grüße an ihn und Klepzig. Ich melde mich bald. Eine Verfilmung gibt es übrigens nicht, soweit ich weiß. Absurde Idee. Gruß, Heuser*

Auf dem Weg zum *Nöö* schaute ich im Haus des Buches vorbei. Was Bücher betraf, war ich altmodisch, ich kaufte sie nicht im Internet. Vorrätig hatten sie den Schmöker nicht, morgen könnte ich die Bestellung abholen. Die überaus charmante Buchhändlerin nannte mir einen erschwinglichen Preis, und ich beschloss, öfter mal wieder reinzuschauen. Buchhändlerinnen waren sicher häufig einsam und freuten sich, wenn sie abends beim Rotwein mit jemandem über John Milton reden konnten. Oder über Philippe Djian, Kinky Friedman, Carl Hiaasen. Die ganze Weltliteratur eben.

Ich schlenderte über den Marktplatz. Auf eigenartige Weise vermischte sich hier Gestern mit Vorgestern. Der halbe Platz war in ein Einkaufszentrum umgestaltet worden. Die Straßenbahn erzeugte Geräusche, wie sie Pete Townsend, Bob Mould und andere Tinnitusopfer wohl beim Einschlafen hörten. Ich beeilte mich, ins *Nöö* zu kommen.

Klepzig und der Flüsterer waren schon dabei, riesige Portionen wegzuputzen. Auch die Küche des *Nöö* bot dem

Metall-Kommissar zuliebe das Klepzig-Special No. 1 an. Weder hier noch im *Hölderlin* fragte jemals jemand nach einer No. 2.

Der Flüsterer erzählte von ein paar Plattenbörsen. Er hatte am Wochenende ganz gut verkauft, allerdings dann für sich selbst eine seltene Variante von Neil Youngs *After the Goldrush* aufgetan. Hundertsiebzig Euro. Kein Wunder, bei dem Titel. Die beiden waren gerade bei den Alben, die Klepzig den Flüsterer zu suchen beauftragt hatte. Das Gespräch zweier Sammler, wie Shakespeare im Original, also auf Klingonisch.

Vielleicht war genau das der Unterschied: Sammler wie diese zwei unterschieden sich von mir und meiner Sammlung wie Trinker von Leuten, die gern was tranken. Ich hob mir den Gedanken für später auf, orderte ebenfalls das Klepzig-Special No. 1, dazu Milchkaffee, Orangensaft und ein großes Glas Leitungswasser. Im Schatten waren es schon wieder mindestens dreißig Grad.

«Des Menschen erste Widersetzlichkeit …», hob ich an.

«… ist Zuspätkommen», vollendete Klepzig den Satz. Der Flüsterer grinste. Ich legte den Bestellschein für *Paradise Lost* auf den Tisch.

«Hat Triller-Uschi dir ’nen Entschuldigungszettel geschrieben?» Klepzig lachte und verschluckte sich, der Flüsterer klopfte ihm auf den Rücken.

«Also, was haben wir?» Ich wollte zur Sache kommen. «Zwei tote Rockmusiker in zwei Städten. Zwei, die sich kannten und mehr oder weniger miteinander zu tun hatten.»

«Wie meinst du das genau?» Klepzig war irritiert. «Die hatten früher mal was miteinander zu tun. Bis Hohlbein bei den Perlen ausgestiegen ist. Dann war Sendepause.»

«Im Gegenteil. Dann fing's erst richtig an.»

«Versteh ich nicht.» Klepzig schaute der Kellnerin nach, die vorbeirauschte und unseren Tisch in einen orientalischen Duft hüllte.

«Du bist auf der richtigen Spur. Es ging wahrscheinlich um eine Frau», holte ich ihn zurück in die Gegenwart.

«Was für eine Frau?» Klepzig verschluckte sich erneut, hustete Orangensaft auf meinen Bestellzettel und fuchtelte wild mit den Armen, als müsse er ersticken. Ich hatte mir ja schon gedacht, dass er im Verhör mit der Band nicht sehr weit gekommen war. Der Flüsterer leistete erneut Erste Hilfe und klopfte dem Kommissar auf den Rücken. Vom Nebentisch gab es ein paar Lacher. So ist der Osten, dachte ich, alles wunderbar, entweder man klopft sich gegenseitig auf die Schulter, oder man lacht sich kaputt.

«Vetter hat Kaltwasser die Freundin ausgespannt. Anja Heinze, den Namen hast du ja schon mal gehört. Davor hat Kaltwasser allerdings Hohlbein aus Vetters Band abgeworben.»

«Und du meinst, das ist ein Motiv?» Klepzig tupfte sich mit einer Serviette die Überreste seines Hustenanfalls vom Anzug.

«Ein mögliches, kein zwingendes. Wir werden auf jeden Fall nach Erfurt fahren müssen, lange bevor Motörhead dort spielen.»

Klepzig freute sich, dass ich den Termin nicht vergessen hatte. «Genau. Nach dem Frühstück geht es los. Die thüringischen Kollegen sind unterbesetzt und haben schon um Kooperation gebeten. Das heißt, ich hab den Fall Vetter quasi mit an der Backe. Also: Auf nach Texas!»

Ich hatte keine Ahnung, was die thüringische Landeshauptstadt mit dem *Lone Star State* zu tun haben sollte, ich hielt das einfach für einen von Klepzigs Sprüchen, und die kamen mir ja oft etwas rätselhaft vor. Dabei war es nie sonderlich schwer, irgendeine tiefere Verbindung zu konstruieren ... Vielleicht hatte Klepzig jetzt von Texas gesprochen, weil seine Frau aus Erfurt stammte und er beim Namen der Stadt automatisch an seine *Shotgun Wedding* dachte: Er hatte damals heiraten müssen, weil seine Bislang-noch-Freundin schwanger war.

«Dann können wir bei deinen Schwiegereltern Station machen. Die werden sich freuen.»

An Klepzigs Gesichtsausdruck erkannte ich, dass ich die falsche Verbindung hergestellt hatte.

Der Flüsterer verabschiedete sich eilig. Typisch Harmoniemensch. Klepzig schenkte mir den Blick, den er sonst für Holger Hösendorfer reserviert hatte. Er schwieg, bis wir in seinem alten Ford saßen, und dort betätigte er als Erstes den Kassettenrecorder. Frank Zappa knarzte mich an: *My Guitar Wants to Kill Your Mother.* Die Retourkutsche auf meine wohl etwas unsensible Bemerkung.

Ich nutzte die Fahrtzeit, um ihm alles zu erzählen. Alles, was ich über Karlo Kaltwasser wusste und, was mir schwerer fiel, alles, was Heuser und sein neues Leben betraf.

11. Texas empfing uns mit dem Geruch von Thüringer Würsten, die sich zu lange im Altöl gesonnt hatten. Das *Texas.* Eine Grillstube im Herzen von Erfurt, die es in sich hatte. Ich lenkte ein.

«Tut mir leid wegen vorhin. Aber wenn das hier die Rache ist, dann würde ich sie als inadäquat bezeichnen.»

Klepzig schaute jetzt recht mild drein. «Wie oft soll ich es dir noch sagen, Meyer. Keine Witze über Led Zeppelin. Keine über meine ehemalige Familie.»

Da war es wieder, das F-Wort. «Und keine über den Puff, ich weiß. Und keine über dein Auto, deine *Black & Decker*, deine Wohnung, deinen Anzug, den Osten, die Olsenbande, die Puhdys und Gojko Mitic.»

«Mach halblang!»

«Und keine übers *Texas*, oder? Dann willkommen im Club der Schweiger.»

«Glaubst du, ich geh zum Spaß in so 'nen Laden?» Klepzig zeigte auf einen Tisch links in der Ecke an einem Fenster.

«Vielleicht hat sich unsere Auffassung von Spaß ja verschoben, seit du im Knast warst. Wir haben uns einfach auseinandergelebt, und das, obwohl du in meinem alten Büro wohnst?» So ein Mist, es musste an der Hitze liegen: Ich war schon wieder in Klepzigs Komplexannahmestelle gestolpert.

Sein Schweigen gab mir die Gelegenheit zu einer kurzen Introspektion. Was war los mit mir? Lag das an Heuser? An diesem ganzen Familiensermon? Hatte ich unbewusst auch über F nachgedacht und teilte jetzt aus, wo nur möglich? Hatte ich Zeichen übersehen, Ampeln überfahren? Wie naiv war ich eigentlich zu denken, ich käme um diese Auseinandersetzung herum? Sind nicht die Krisen der Freunde immer auch die eigenen? Oder projizierte man das alles nur und sammelte sich seine Konflikte aus den Problemen der anderen zusammen?

Ich war froh, als der Kellner mich aus meinen Gedanken riss.

«Die Herren wünschen?» Ein Typ mit Lederschürze und

einem gigantischen Schnauzbart. Wenigstens der war noch bereit, mit mir zu kommunizieren.

«Wir warten auf jemanden, geben Sie uns bitte etwas Zeit.» Ich setzte den Touristenblick auf. Klepzig schaute immer noch aus dem Fenster.

«In Texas haben die Herren alle Zeit der Welt. Wie wär's mit einem Kaltgetränk?»

«Gute Idee.»

«Möchten die Herren, dass ich die Wahl des Getränks übernehme?»

Der Typ hatte die Ruhe weg. Als mit einem Mal im selben Moment die Türen von Toilette und Küche aufschwangen, wollte ich schon Kamillentee sagen. Prophylaktisch. Gegen das, was von dort möglicherweise noch auf uns zukam. Zum Glück entschied sich Klepzig in dem Moment, aus der Schmollecke zurückzukehren.

«Geben Sie uns noch eine Minute, dann wählen wir die Waffen.»

Der Texaner zog ab, um nach den Kühen zu schauen.

«Auf wen warten wir hier eigentlich? Den großen Unbekannten? Den Gary Cooper von Erfurt?» Ich bot Klepzig eine Friedenspfeife an.

«Auf den Plattenfirmenfuzzi, der für Frohe Zukunft und die Perlen den Oberschatzmeister macht. Ein gewisser Elvis Krömpel-Scharfschwerdt.»

«Ah, guter Mann, dieser Elvis. Der schaukelt mit seiner Hirnmasse wie weiland Pelvis mit den Hüften.»

Klepzig machte ein überraschtes Gesicht. «Du kennst den?»

«Hat sich mir per Mail mit einem Nachruf auf Hohlbein vorgestellt. Ein großer Sympathikus. So, wie der Rock 'n' Roll buchstabiert, so beschreibt Lemmy das Dritte Reich.»

Der Texaner kam zurück, ein Telefon in der Hand.

«Gespräch für Klepzig. Sind Sie das, meine Herren?»

«Geben Sie her!» Klepzig brüllte in den Hörer. «Wir sitzen hier im *Texas* und warten auf Sie, es stinkt, und wir werden mit Chris de Burgh gefoltert. Ich dachte, *Sie* wollten *uns* hier treffen. Ich kann Sie auch vorladen lassen von den Erfurter Kollegen!»

Ich klemmte mir den Spruch, dass Klepzig sich mal entspannen müsse und ich auch wisse, wo.

«Wann kommt er?»

«Er sagt, er hatte noch eine wichtige Besprechung der Führungsebene. Es ging um den Promotion-Feldzug für irgendeine Hupfdohle.»

Führungsebene, Feldzug. Ich hatte richtiggelegen.

«Komm, wir trinken einen auf Lemmys Stahlhelmsammlung.»

Klepzig grinste. Na bitte. Wir checkten die Karte. *Hasseröder. Schwarzer Herzog. Lone Star*. Bingo!

Der Texaner servierte das Dünnbier, das «Meine Herren» konnte er sich wieder nicht verkneifen. Wahrscheinlich war auch er froh, dass es endlich wieder Herren gab im Osten. Menschen mit Manieren, nach der Diktatur der Arbeiter und Bauern eine echte Abwechslung. Gerade als sich eine gefälschte Blondine mit ebenso falschen Wimpern und Zähnen zu uns setzen wollte, knarrte die Flügeltür, und ein Wesen trat ein, das ich sofort als Krömpel-Scharfschwerdt identifizierte. Es kam direkt auf uns zu und schob die Blondine einfach beiseite. Ich hatte schon einige Vertreter aus der Branche kennengelernt, die sich nicht zu Unrecht Musik*industrie* nennt, dieser hier übertraf alle. Goldener Anzug, riesiger Hut, rote Krokostiefel, Ringe an allen zehn Fingern, Zuhälterbart. Ein Mann aus der Zeit vor der Erfindung des

Frühstücksfernsehens, wahrscheinlich aus der Zeit vor der Erfindung des Frühstücks.

God's a tender pervert and the angels are voyeurs, fiel mir eine alte Momus-Schnulze ein. Elvis ließ sich auf einen Stuhl krachen. So musste es geklungen haben, als die Russen in Prag einmarschierten. Er stellte die Hand zum Gruß schräg nach oben, so als wolle er mit uns irgendwelche Rockrituale abfeiern. Das Schöne an der Kulturrevolution, dachte ich, ist doch, dass man sie heute in jeder Minute live beobachten kann. Elvis gab sich überschwänglich. Ein maoistischer Intellektueller in der Musikindustrie.

«Sorry, ich hatte noch eine Besprechung mit den CEOs», eröffnete er.

Klepzig schnitt ihm das Wort ab. «Ihre Geschlechtskrankheiten gehören hier nicht her, Krömpel.»

«Krömpel-Scharfschwerdt, ich muss leider darauf bestehen, wir sind alter Adel.»

«Und außer dem Namen ist Ihnen nichts geblieben, selbst das ‹von› haben Sie wohl bei E-Bay versteigert.» Klepzig lief zur Höchstform auf. Gut, dass ich ihn vorhin schon warmgemacht hatte.

«Ich wusste gar nicht, dass die Polizei so witzig ist. Sie müssen Klepzig sein.»

«Weitere Kostproben können Sie in meinem Buch *Die lustigsten Bullenwitze* nachlesen, Krömpel.»

Der Goldene schluckte und bestellte sich ein Solidaritätsbier, dabei sah er eher wie ein schmieriger Cognactrinker aus.

Klepzig ließ nicht von ihm ab. «Machen wir es noch kürzer. Was wollten Sie mit Ihrer Andeutung am Telefon sagen?»

Elvis tätschelte Klepzig die Schulter, er lachte laut und

selbstverliebt. Strich sich seinen fiesen Zitatzwirn glatt und hob den Indexfinger. Spätestens an dieser Stelle hätte er in Halle ein paar auf die Fresse bekommen. Alles. Aber nicht den Erklärerfinger.

«Ich will gar nicht hinter dem Berg halten. Aber finden Sie es nicht komisch, dass Hohlbein alle Verlagsrechte an *Abrissbirne Diskokugel* besaß? Ich meine, im Falle des Todes, so war es geregelt, gehen die Rechte an die Band.» Schlaubergerblick.

Klepzig hakte nach: «Was soll der Scheiß mit den Verlagsrechten. Hat Hohlbein 'n Buch geschrieben, oder was?»

Jetzt legte Krömpel den Verdienstkreuzblick auf und holte hörbar Luft. «Ich dachte mir schon, dass Sie sich so genau nicht auskennen. Die Verlagsrechte sind das, was mal die Rente werden kann. Tantiemen für die Songs. Wann immer was aus dem Album im Radio kommt oder wenn Michael Jackson einen Song nachspielt oder die Polizeikapelle, dann verdient der, der die Rechte hält. Verstanden?» Elvis lehnte sich zurück und orderte einen Cognac. Na also!

«Und Sie meinen, deshalb hat ihn die Band entsorgt. Das ist doch absurd!»

«Ich weiß, dass das schwer zu verstehen ist. Aber jeder Musiker träumt davon, dass Rod Stewart oder so was in der Größenordnung mal ein Stück von seiner Band covert.»

Ich mischte mich ein. «Deshalb haben Oasis aufgehört? Weil Rod Stewart *Alcohol and Cigarettes* aufgenommen hat?»

Elvis richtete den Indexfinger auf mich. «Ihr Assistent hier hat verstanden, was ich meine. Bei Oasis war das noch ein bisschen anders, aber die Richtung ist absolut richtig.»

Krömpel-Scharfschwerdt hatte heute vermutlich selbst schon einige Belehrungen hinnehmen müssen. Er schwenkte siegessicher seinen Cognac.

«Na dann. Verhaften wir die Band. Wie verhielt sich das bei den Perlen? Die sind doch auch bei Ihnen unter Vertrag, oder?» Klepzig schaute provozierend.

«Bei den Perlen halten alle Bandmitglieder den gleichen Anteil an den Verlagsrechten.»

Aha. Demokratie in den Zeiten des OBI-Zahnleistenbausatzes. Von der Ich-AG zur Wir-WG. *Life could be a gestalt in time.*

«Und die Gruppe dieser Rechtehaber hat sich nun um einen verringert.» Klepzig hob die Herrenhand. Der Texaner kam herangewieselt und stellte zwei *Lone Star* auf den Tisch. Klepzig ließ ihn nicht ungeschoren. «Können Sie nicht mal ein Fenster aufmachen? Hier stinkt's doch erbärmlich.»

Der Mensch grinste blöd. «Tut mir leid. Alles klimatisiert.» Welche Klimazone, verriet er uns allerdings nicht. Vermutlich sollten selbst die texanischen Temperaturen authentisch sein.

Klepzig musterte Krömpels Ringe. Der auf dem Mittelfinger trug eine große Perle, der auf dem Daumen eine Diskokugel. Dieser Mann war ein wandelndes Klischee, sein Vokabular musste Musikindustriesprech sein, und die wiederum war, so viel wusste auch ich, ein falsch verstandenes Adorno-Zitat.

«Was uns noch interessiert, Elvis», drechselte Klepzig dem Goldenen vertraulich werdend entgegen, «sind die familiären Umstände der Perlen. Freunde, Feinde und Verwandte. Hunde, Kinder, Zombies. Na, Sie wissen schon.»

Krömpel winkte genervt ab. «Was glauben Sie, was ich den ganzen Tag mache? Papa spielen für ein paar Jungs, die nicht erwachsen werden wollen? Denen die Bierflaschen halten? Die Perlen sind ein Produkt, und als solches müssen sie sich um ihre Belange selbst kümmern. Wir sorgen dafür, dass sie ein Budget bekommen und dass man ihr Album möglichst an jeder Tankstelle kaufen kann. Aber die Nasen sollen sie sich selbst putzen.»

Klepzig verdrehte die Augen in meine Richtung. «Und hin und wieder, wenn die Karriere nicht so richtig laufen will, dann piksen Sie die Jungs ein wenig. Mitunter auch mal mit dem Dorn eines Cellos?»

Klepzig hatte den Satz kaum beendet, als Krömpel-Scharfschwerdt versuchte, ihm mit einer kurzen Linken eine Perle und eine Diskokugel auf die Kauleiste zu setzen. Wahrscheinlich hatte er sich das bei einem Rock 'n' Roller abgeschaut, nur hatte er nicht bedacht, dass hier nicht seine Freundin vor ihm saß, sondern ein Kommissar, der jeden Tag mit Kisten voller Vinylplatten trainierte. Ich konnte gerade noch mein Bier retten, als Klepzig auch schon auf dem Goldenen saß und ihm die Luft abdrückte. Elvis röchelte. Ich sah die Schlagzeile: *Elvis' Tod endlich aufgeklärt. Dunkeldeutscher Kommissar erdrosselte den King in Texas*. Dann käme ein wenig Bewegung in den Laden hier.

Klepzig erhob sich und setzte den zitternden Musikmogul auf eine Eckbank. «Krömpel, Sie haben ein wenig überreagiert. Vielleicht passiert Ihnen das ja auch gelegentlich mit Ihren sogenannten Produkten. Ich könnte Ihnen jedenfalls unterstellen, dass Sie mit Ihrer Reaktion den Mord an Eduard Vetter gestanden haben. Aber Sie haben sicher ein feines Alibi vorbereitet, oder?»

Krömpel schenkte Klepzig einen feindseligen Blick und atmete schwer. «Alles, was Sie wissen müssen, verrät Ihnen mein Assistent Finn Flegelmilch. Sitzt um diese Zeit immer im *Angermayer*. Ich gebe Ihnen zur Sicherheit seine Handynummer.»

«Was genau bedeutet in Ihrem Falle Assistent?», wollte Klepzig wissen.

«Flegelmilch ist A & R, der ist direkt dran an den Bands. Kann Ihnen auch mehr über deren Privatleben erzählen.»

«A & R? Arschtritte und Rippenbrüche?» Klepzig war in Fahrt.

Der Goldene beeilte sich zu erklären. «Artist & Repertoire. So Mädchen für alles. Der hat die Perlen entdeckt und Frohe Zukunft auch. Hat ihnen die Plattenverträge verschafft.»

«Und mit diesem Flegelmilch waren Sie vermutlich zur Tatzeit zusammen?»

«Korrekt, meine Herren. Flegelmilch und ich arbeiten unermüdlich.»

«Dann sind Sie uns mal wieder um Nasen voraus. Denn die genaue Tatzeit wissen noch nicht einmal wir. Der Bericht aus der Pathologie kommt erst heute Abend.»

Spitzfindig, dieser Klepzig. Immer dabei, seine Methoden zu verfeinern, gerade wenn es darum geht, Arschgeigen aufs Glatteis zu führen.

Ächzend stand Krömpel auf. Er machte das Peace-Zeichen und verabschiedete sich, wie nicht anders zu erwarten gewesen war, mit einer Frechheit: «Sehr richtig. Wann immer die Tatzeit war, Flegelmilch und ich waren zusammen. Und jetzt entschuldigen Sie mich.» Er schob noch einen Zettel mit der Nummer seines Assistenten über den Tisch und verließ Texas mit quietschenden Türen.

Klar, dass er pokerte. Wir mussten herausfinden, wer Eduard Vetter zuletzt lebendig gesehen hatte. Vielleicht seine Freundin Anja Heinze, die hatte ihn ja auch gefunden. Sie hätte auf Frohe Zukunft setzen sollen, dachte ich, nicht auf die Perlen. Wenn sie bei Karlo Kaltwasser geblieben wäre, hätte sie jetzt einen Freund, der noch am Leben war. Soweit man das von Karlo behaupten konnte.

Klepzig schlug vor, sich mit den Erfurter Kollegen kurzzuschließen und dann diesen Finn Flegelmilch zu treffen. Vielleicht war der ja kooperativer als sein Boss.

12.

Wir spazierten ein wenig durch die Stadt und trafen einen Kollegen von Klepzig, einen Unsympathen, der vermutlich schon als Beamter auf die Welt gekommen war. Er trumpfte auf mit ein paar Vorstrafen, die sich Flegelmilch in seinen Flegeljahren eingefangen hatte, und fand das lustig. Klepzig versprach ihm, sich bei seinem Vorgesetzten für seine sofortige Pensionierung einzusetzen. Immerhin hatte er begriffen, dass es wichtig war, den Zettel, den man in Vetters Mund gefunden hatte, genauestens zu analysieren. Er versprach anzurufen, sobald der Bericht da sei. Das hatte er Klepzig aber bereits am Telefon erzählt.

Wir schlenderten. Wohl auch, weil wir beide nicht so recht Lust auf den nächsten Idioten hatten.

Die Hitze des Sommers lag noch über Erfurt, aber die Mikrowellenphase schien vorbei zu sein. Oder die Luft war hier einfach besser wegen des hochgelobten Thüringer Waldes – so lautete zumindest ein vom Fremdenverkehrsamt verbreitetes Gerücht. Dabei regierten im Umland Düstergrafen und schwarze Messen, man hörte regelmäßig von okkulten Veranstaltungen in dieser Gegend. Und die Schützenvereine waren auch nicht ohne. Egal, sollte die Landbevölkerung ihren Spaß haben. Erfurt selbst machte einen aufgeräumten Eindruck. Überall Cafés, drei Antiquariate, schöne Buchhandlungen. Die liebevoll restaurierte

Altstadt und die freundlichen Gesichter ließen es umso überraschender erscheinen, dass ausgerechnet hier Schüler ihre Videospiele in die Realität umsetzten. Aber das musste ja nicht an der Stadt liegen, ein paar Menschen reichten da manchmal schon aus. Wie sagte Klepzig gerne: Die Welt wird gar nicht schlechter, die Menschen werden nur nicht besser.

Irgendwann erreichten wir das *Angermayer*, wir kannten es aus dem Fernsehen. Nachdem *Scheißosten – Die Hierbleibe-Show* abgesetzt worden war, hatten wir im *Hölderlin* eine Zeit lang eine neue Dienstagabendsendung geschaut. *Unter Ossis* kam direkt aus dem *Angermayer*, eine Zombieshow ersten Ranges. Da wurden Leute wie du und ich, also völlig Unbekannte, eingeladen, denen etwas Seltsames, meist aber Furchtbares, passiert war. Eine Polin, in die der Blitz eingeschlagen war, eine Frau, die innerhalb von drei Tagen ihre komplette Familie verloren hatte, und ähnliche Fälle aus der Vorhölle des Alltags. Menschen, die zwar betreut gehörten, aber nicht von den Medien. Es ging natürlich nicht ohne Tränen ab, und in den Pausen spielte ein Holzfäller am Klavier Melodien wie *Bridge over Troubled Water*. Danach konnte man sich eigentlich nur noch in die Saale stürzen. Ich dachte unwillkürlich an Curtis Mayfield: *If there's a hell below / We're all gonna go*. Der Verfasser dieser Briefe hatte einen gewissen Humor.

Klepzig und ich einigten uns auf das alte Spiel. Wer die gesuchte Person als Erster entdeckt, hat die Getränke frei. Natürlich war es verboten, bei irgendwem nachzufragen. Wir suchten uns einfach eine Ecke, von der aus man den ganzen Laden überschauen konnte, und kombinierten die Puzzleteile, die wir hatten. Was Assoziationsfähigkeit und

Beobachtungsgabe betraf, konnte ich hier eine Menge von Klepzig lernen. Er war eben ein Profi. Unsere Blicke schweiften über die schweren Holzbänke, die frischen Blumen, die viel zu bunten Tischdecken, bis zum Tresen. Unentschieden.

«Flegelmilch», sagten wir wie aus einem Munde, und wir sagten es mit abfallender Satzmelodie.

Flegelmilch musste Ende dreißig sein, er erinnerte mich ein bisschen an Paul Weller, was wohl an dem Jeansanzug lag und diesem Britpophaarschnitt, wo sich die Friseure wahnsinnig Mühe geben, damit ihre Opfer nachher so aussehen, als seien sie nach durchwachter Nacht gerade aufgestanden. Für Flegelmilch konnte der Tag auch noch nicht alt sein. Flatternd nahm er ein Frühstücksbier. Er war schlank, beinah dürr, seine Gesichtshaut blass und ledern, die geröteten Augen lagen in tiefen Höhlen. Er wirkte wie jemand, der gern mal am Tisch riecht und gegen 22 Uhr seine Tageshöchstform erreicht. Seine Umwelt schien ihn wenig zu interessieren, er schaute in sich hinein. Schwer zu sagen, ob das cool wirken sollte oder ob er erst einmal die Maschine ölen musste, bis sie langsam anlief. Sein Anblick ließ mich an einen Text von Karl Kraus denken, *Lob der verkehrten Lebensweise,* den ich mir einst zum Manifest erkoren hatte. Ein Text mit Sätzen wie ein üppig behangener Apfelbaum, man möchte nach jedem davon greifen und hineinbeißen. *Alle größeren Dummheiten geschehen am Vormittag,* heißt es dort und: *Der Mensch sollte erst erwachen, wenn die Amtsstunden zu Ende sind. Er trete nach Tisch ins Leben hinaus, wenn es frei von Politik ist.*

Flegelmilch trank, ohne zu genießen, dann stellte er das Glas auf dem Tresen ab und angelte nach seinem Handy, das gerade zu einer Melodie anhob, die entfernt an *Abriss-*

birne Diskokugel erinnerte. Seinem Blick nach zu urteilen, war sein Boss in der Leitung und kündigte uns an.

Flegelmilch schüttete den Rest seines Biers herunter, mit einem Gesichtsausdruck, als müsse er irgendein bitteres Medikament schlucken, schaute auf, und unsere Blicke trafen sich. Der Jeansblaue öffnete die Arme, so wie es Gangsterbosse in den Filmen der Schwarzen Serie tun, wenn sie signalisieren, dass sie keine Angst haben, aber dabei sichergehen, dass man ihre Knarre im Halfter deutlich sehen kann. Klepzig und ich schlurften hinüber an den Tresen und nahmen Flegelmilch in unsere Mitte. Er bedeutete der Kellnerin mit einem Blick die Bereitschaft für sein nächstes kleines Bier. Dann prostete er uns zu. «Auf Hagen und auf Eduard! *Only the good die young.*»

Klepzig drehte sich abrupt zur Seite und orderte Kaffee. Er wirkte plötzlich betroffen. Klar, er war ein großer Fan von Frohe Zukunft, er fuhr zu all ihren Konzerten, hatte die Band sogar mit privaten Ersparnissen unterstützt. Es war das erste Mal, dass ich ihm diese Betroffenheit anmerkte.

Ich übernahm. «Da brauchen wir uns ja nicht mehr vorzustellen, Sie wissen, was uns hierherführt?»

Ich streckte Finn meine Hand entgegen und bekam schwitzige, aber unberingte Finger zu fassen.

«Wo waren Sie in der vorigen Woche am Dienstagabend, und wo waren Sie in der Donnerstagnacht, Herr Flegelmilch?»

«Sie verdächtigen die Falschen. Krömpel und ich hatten ein, sagen wir mal, finanzielles Interesse an den Ermordeten. Sie waren so etwas wie unsere Versicherung für die Zukunft», er schüttelte den Kopf voll Unverständnis, «wenn Sie wissen, was ich meine.»

«Wer sagt denn, dass wir Sie verdächtigen? Wir wollen

zwei Morde aufklären, und vielleicht haben Sie das ja schon mal in einem Film gesehen: Man befragt dann zunächst die Leute aus dem näheren Umfeld, bevor man versucht, es dem Dalai-Lama in die Schuhe zu schieben.»

Flegelmilch lachte und lenkte mit einer Handbewegung ein. «Dann betrachten Sie mich bitte als Verbündeten, nicht als Verdächtigen. Glauben Sie mir, dass mir ebenso viel daran liegt, den Mörder zu finden, vielleicht noch mehr als Ihnen.»

Erst jetzt fiel mir auf, dass in dem Laden auch Musik lief. Bobby Womack holte in einem Duett mit Patti Labelle gerade alles aus sich heraus. Klepzig schlürfte Kaffee, und Flegelmilch zog ein Notizbuch aus seiner rechten Gesäßtasche. Eine Gruppe Oberschüler nahm an einem großen Tisch Platz. Wahrscheinlich planten sie den nächsten Amoklauf.

«Stimmt es, dass es bei Frohe Zukunft künstlerische Differenzen gab?» Ich versuchte einen Trick.

In Flegelmilchs Gesicht machte sich ein verächtliches Grinsen breit. «Künstlerische Differenzen? So ein Quatsch. Die größte Lüge seit der Trennung der Beatles. Wenn eine Band Erfolg hat, dann ist doch der Erfolg schon die künstlerische Differenz. Es geht immer um Geld. Oder um Frauen.»

«Oder um beides.» Ich bot Flegelmilch eine Zigarette an. Er bestand darauf, seine eigenen zu rauchen. *Benson & Hedges.* Wie Paul Weller. Ich hatte es gewusst. Da konnte ich ihn kriegen, bei der Eitelkeit kriegt man sie immer.

«Auf den ersten Blick dachte ich, Paul Weller steht hier im Herzen von Thüringen an der Bar.»

Finn versuchte vergeblich, seine Freude zu verbergen. Die ganze Musikindustrie war ein Heer von Heldenverehrern. Und dieses seltene Exemplar hier war der Wiedergänger eines Mannes aus Birmingham, der, seit er siebzehn ist, wunderbare Songs schreibt und peinlich darauf achtet, nicht wie ein Millionär zu wirken.

«Weller schläft um diese Zeit noch. Wissen Sie, warum seine Konzerte immer kürzer werden? Damit er schneller an die Hotelbar kommt.» Flegelmilch wischte sich den Bierschaum vom Mund. Im Gegensatz zu seinem Chef schien er Manieren und Humor zu haben, und vor allem: einen gewissen Abstand zu seinem Job.

«Über den britischen Barden sollten wir uns ein andermal unterhalten. Mich interessieren vor allem die Leute, mit denen Hohlbein und Vetter zu tun hatten, wenn sie nicht irgendwelche Bühnen oder Hotelbars rockten.»

Finn zeigte auf sein Notizbuch. «Das hatte ich schon vermutet. Vetter hatte eine Freundin, Anja Heinze, die war vorher mit Karlo Kaltwasser zusammen. Ich hab mich auch schon gefragt, ob der ihn auf dem Gewissen hat. Aber das ergibt eigentlich keinen Sinn, oder?»

«Was ergibt schon Sinn im Rock 'n' Roll – außer Rock und Roll?»

«Wissen Sie, wie oft ich diesen Satz schon gehört habe, Meyer?» Flegelmilch lachte laut und streckte mir großzügig die goldene Schachtel entgegen. Ich lehnte ab.

Klepzig stieg in die Talkshow ein. «Was wissen Sie über diese Anja Heinze? Wie lange ist sie schon von Kaltwasser getrennt? Wie ist es zur Trennung gekommen. Gab es eine offene Feindschaft der beiden Musiker?»

«Nicht so schnell, Herr Kommissar, immer schön der Reihe nach. Noch jemand ein kleines Bier? Sie wissen ja, Homöopathie ist Bier in kleinen Dosen, wie wir in der Branche sagen.» Er lachte über seinen eigenen Witz. Klepzig lachte mit. Entweder aus psychologischen Gründen oder weil er das wirklich lustig fand. Ich war mir da manchmal nicht ganz sicher.

«Okay. Wann hat Anja Heinze die Fronten gewechselt?»

«Wer kann das so genau sagen? Vetter hat wohl schon länger an ihr rumgebaggert. Bei gemeinsamen Konzerten der Bands gab's deshalb öfter Ärger. Als Hohlbein die Perlen verließ und zusammen mit Kaltwasser nach Halle zog, ist Anja nicht mitgegangen. Sie hat einen Job in einer Bank hier in Erfurt, den wollte sie nicht aufgeben. Na ja, und dann war sie plötzlich die Freundin von Vetter. Ein Song auf *Abrissbirne Diskokugel* beschreibt das ziemlich genau.» Finn summte die Melodie von *Kalt erwischt*.

«Das heißt, Kaltwasser wohnte damals noch in Erfurt, obwohl er längst bei Frohe Zukunft spielte? Er kennt sich hier also ziemlich gut aus?»

«Alles, was ich sagen wollte, ist: Karlo Kaltwasser hat Hagen Hohlbein abgeworben, und das vielleicht auch, weil er nicht allein nach Halle ziehen wollte. Die beiden sind Jugendfreunde, hängen zusammen, seit sie vier sind und im Konsum Lakritz geklaut haben.» Sein Blick schweifte ab, er entdeckte Schuppen auf dem Kragen seiner Jeansjacke, versuchte hastig, sie abzuschütteln. «Eigentlich wollte auch Eduard Vetter immer nach Halle ziehen, um in der Nähe seiner Tochter zu sein.»

Flegelmilch nestelte immer noch an seiner Jacke herum, dann zog er sie aus und hängte sie über einen Barstuhl. Bobby Womack lief mit *Save the Children* gerade zur Höchstform auf. Den Song sollte ich nächsten Freitag für Heuser spielen.

Klepzig machte sich Notizen. «Der Vetter war also Vater?»

«Genau. Seine Ex-Frau Kati ist nach der Scheidung

zuerst nach Weimar gezogen, später nach Halle. Sie ist Sozialarbeiterin und immer in so komische Projekte involviert. Betreutes Wohnen von Jugendlichen oder so. Sehr engagiert, die Frau. Und Vetter hat drunter gelitten, dass er so selten Zeit mit seiner Tochter verbringen konnte. Ein Song auf dem Album der ...»

«... Perlen handelt davon, *Lovely Lisa,* ich kenn das Stück», unterbrach ihn Klepzig, ein wenig harsch, wie ich fand. Ich strafte den Kommissar mit einem bösen Blick. Der Typ kooperierte doch. Aber ich konnte mir schon denken, warum Klepzig so reagierte. Immer, wenn es um das Thema Kinder ging, fühlte er sich an seine eigenen erinnert und bekam ein schlechtes Gewissen. Flegelmilch war anscheinend sensibel genug, Klepzigs Ausbruch nicht persönlich zu nehmen. Ich meinte sogar, einen sentimentalen Zug um seine Lippen zu erkennen. Wahrscheinlich teilten die beiden nicht nur die Vorliebe für Frohe Zukunft.

Die Frau hinterm Tresen hatte von Bobby Womack auf Quincy Jones gewechselt. Wieso hielten es alle plötzlich mit Soul in Dunkeldeutschland, fragte ich mich. Vielleicht hatten sie lange genug den Blues gehabt?

Flegelmilch war mittlerweile beim vierten Bier und nicht mehr zu bremsen. Innerhalb der nächsten halben Stunde erfuhren wir, dass Kati Vetter wieder ihren Mädchennamen Wesenberg angenommen hatte, dass die Tochter Lisa inzwischen zehn war und die beiden in Halle in der Triftstraße wohnten. Kati pflegte eine Dauerfehde mit ihrer ehemaligen Schwiegermutter. Dabei ging es wohl um die kleine Lisa. Klepzig notierte, ich sinnierte. Triftstraße. Ich kam nicht darauf, ob und in welchem Zusammenhang ich den Namen schon einmal gehört hatte.

Zu guter Letzt brachte Flegelmilch das Gespräch noch

einmal auf Anja Heinze. Ich hatte das Gefühl, dass er etwas loswerden wollte, im Vertrauen, ohne vertraulich zu werden. Ich legte ihm den Ball vors Tor: «Ziemlich scharfer Feger, die Heinze, oder?»

Finn bekam den weiten Blick. «Na ja, klar. Aber ... An die kommt keiner richtig ran. Macht auf sensibel, aber eigentlich ist die ein männermordendes Monster. Hat in Roskilde damals irgendwas erlebt, was ihr nicht gut bekommen ist.»

«Das heißt, sie hat es mit Karlo und Eduard auch nicht unbedingt ernst gemeint?»

«Kann schon sein. Zumindest spielt sie gern Männer gegeneinander aus, sie hat offenbar Spaß am Zerstören.» Finn zündete sich noch eine an.

«Was genau ist da vorgefallen in Roskilde?»

Finn winkte ab. «Keine Ahnung. Ich glaube, sie hat da ihre große Liebe verloren. Auch ein Musiker. Bei diesem Unfall während eines Konzerts.»

«Und jetzt rächt sie sich dafür, oder was?»

«So in etwa. Macht einen auf Rockerbraut. Hat genau so ein Ding an der Waffel wie Courtney Love.»

«Und wieso ist sie jetzt in Heiligendamm?»

«Eigentlich sollten die Perlen da spielen. Aber jetzt, ohne Vetter ... Anja ist wohl trotzdem hochgefahren.»

Klepzig, der sich die ganze Zeit Notizen gemacht hatte, schaute auf und konstatierte mit einem typischen Klepzig-Satz: «Ich muss an die Ostsee. Am besten gleich!»

13. Wir erreichten Halle so, wie wir Erfurt verlassen hatten: durchgeschwitzt, aber lebendig. Über der Stadt lag immer noch eine Dunstglocke, die die Menschen völlig paralysierte. Klepzig setzte mich zu Hause ab.

«Schick mir 'ne Postkarte von der Ostsee», nervte ich ihn.

«Locker, Meyer. Morgen muss ich erst noch das sonstige Umfeld von Hagen Hohlbein befragen. Hösendorfer steht mir schon auf den Schuhen.»

Von wegen Ostsee, am besten gleich.

Ich würde am nächsten Tag Kati Vetter, also Wesenberg, einen Besuch abstatten. Jetzt machte ich es mir erst mal in meiner kleinen Dachwohnung gemütlich und sortierte meine Soul-Plattensammlung. Ich konnte ein wenig Seele gut gebrauchen. Trotz der Hitze lief es mir eiskalt den Rücken runter, wenn ich daran dachte, dass dieser Krömpel die beiden angehenden Rockstars vielleicht selbst entsorgt hatte. Zur Legendenbildung und zur Rettung der eigenen vergilbten Haut. Okay, ich wusste noch zu wenig über Kati Wesenberg und die Dauerfehde mit ihrer Schwiegermutter. Ich wusste nicht, wie sehr der Verlust seiner Freundin Kaltwasser wirklich mitgenommen hatte oder ob er sich nur gern selbst bemitleidete. Das eine schloss das andere ja nicht aus, das galt an jedem Küchentisch und bei jedem Kriminalfall. Und ich wusste nicht, wie sehr Vetter seinen alten Kumpel Hohlbein um den Erfolg bei Frohe Zukunft beneidet hatte. Vielleicht hatte ja Vetter Hohlbein auf dem Gewissen und Kaltwasser damit gleich zwei gute Gründe für einen Rachefeldzug gegeben. Das würde bedeuten, dass Kaltwasser mehr wusste, aber nicht damit rausrückte, um den Verdacht von sich selbst abzulenken. Ich mochte mir gar nicht vorstellen, was passieren würde, wenn das große Rächen in der Musikszene losging. Keine harmlosen Prügeleien in den Hotelbars mehr, als kostenlose Verlängerung der viel zu kurzen Konzerte. Nein, gezielte Racheaktionen mit gedungenen Mördern aus Osteuropa.

Ich stöberte weiter in meinen Platten und Gedanken. Hatte ich die mit Tonträgern vollgestellte Bude vorhin als Sammlung apostrophiert? Das war sie mitnichten. Aber ich wollte doch neulich irgendwo ein paar Gedanken über das Sammeln ablegen ... Jetzt war der Moment, um sie zu vertiefen.

Sammlung impliziert Vollständigkeit, brachte ich die Sache auf den Punkt, ist also etwas für Komplettisten, Menschen, denen ein gesundes Urteilsvermögen fehlt. Menschen, die die wahren Perlen nicht vom Ausschuss unterscheiden können und von einem Künstler alles kaufen, nur weil ihnen mal jemand eine Single geschenkt hat, und das auch nur aus Verlegenheit. Menschen, die noch nie von den Rosinen im Kuchen gehört haben und meinen, man müsse sich einen Überblick verschaffen. Aber wofür diesen Überblick? In einer völlig durchgedrehten Welt zu glauben, man müsse den Überblick behalten, das war etwas für Diktatoren und Serienkiller, also für Perfektionisten. Sammler waren begeistert, aber irgendwie auch Psychopathen. Ich steigerte mich langsam rein, machte Notizen für eine zukünftige *Lost Songs Found*-Sendung. Arbeitstitel: *Frauen, schützt euch vor Plattensammlern!* In der darauffolgenden Woche würde es natürlich eine Sendung mit umgekehrtem Appell geben. Das Herz ist ein einsamer Sammler, dachte ich.

Ich war gerade dabei, all das in Beton zu gießen, als es an meiner Tür klopfte. Zunächst hielt ich das Klopfen für die Percussion bei Jackie Leven, dessen *Classicnortherndiversions* gerade lief. Ich erwartete, wie zu jeder anderen Tageszeit auch, keinen Besuch. Das Klopfen wurde dringlicher, ich dachte kurz an eine Psychopathin, die ihre männlichen Opfer bei Plattenbörsen ausspioniert, öffnete die Tür, vorsichtig, aber nicht vorsichtig genug. Die verrückte, mindestens zwei Meter große Frau hatte mir schon eine Plastiktüte über den Kopf gestülpt und blitzschnell meine Hände mit Paketband gefesselt. Das Letzte, was ich denken konnte, war: Hoffentlich steht nicht «KONSUM» oder irgendetwas völlig Bekloppptes auf der Tüte. So wollte ich nicht gefunden werden. Dann spürte ich noch, wie ich hyperventilierend eine Erektion bekam und die Frau sich über mich hermachte. Sie ließ mir hin und wieder ein wenig Luft, gerade so viel, dass ich nicht erstickte, bis sie mir mit ein paar spitzen Schreien die Tüte vom Kopf zog und sich schwer atmend neben mich rollte.

Um mich herum drehte sich alles, die Welt begann zu schwimmen. Ich konnte gerade so eben noch Gisela Manfraß identifizieren, dann zog mir jemand den Stöpsel raus.

Ich hatte wohl für kurze Zeit das Bewusstsein verloren, als sich das Telefon schrill aus der Parallelwelt meldete. Ausnahmsweise war ich sofort hellwach.

«Meyer am Apparat von Beate Uhse. Kommen Sie direkt zur Sache.»

Am anderen Ende blieb es still. Ich ließ nicht locker. «Geben Sie zunächst die Nummer Ihrer Kreditkarte durch und das Auslaufdatum. Wählen Sie dann aus unserer Palette der sexuellen Vorlieben Ihre persönliche aus, und eine nette nackte Kollegin wird Ihnen weiterhelfen ...»

«Sie Scherzkeks müssen Meyer sein, genauso hat man Sie mir beschrieben», hörte ich eine gequälte Stimme sagen. «Mollenkott. Mein Name ist Mollenkott. Sie müssen mir helfen, Meyer! Meine Freundin ist verschwunden. Ich weiß, dass Sie die Frau kennen.»

«Der Name würde vielleicht helfen. Obwohl ich eigentlich grundsätzlich keine Frauen kenne.» Ich wollte ihn abschütteln, egal, wen er suchte. Vermisste Frauen waren die bekloptesten Fälle. Meistens konnte man sehr gut verstehen, warum sie weg waren. Zumindest nachdem man den suchenden Ehemann das erste Mal getroffen hatte.

Mollenkott winselte. «Die Frau heißt Gisela Manfraß. Sie müssen sie finden, Meyer, ich bin äußerst großzügig.»

Ich war platt, aber nicht sprachlos. «Wenn Sie so großzügig sind, warum lassen Sie sie nicht einfach gehen?» Ich legte auf.

Auf dem Weg zurück ins Bett genehmigte ich mir zur Feier des Tages ein Bier, drückte die Wiederholungstaste des CD-Players und zündete mir eine Zigarette an. Ein Frauenkopf schob sich schemenhaft unter der Decke hervor, ich vermutete einen fragenden Blick.

«Es war Mollenkott. Er hat sich bereit erklärt, die Getränke und Sexspielzeuge zu finanzieren. Du kannst also beim nächsten Mal eine unbenutzte Plastiktüte nehmen oder in der Gefahrenklasse noch etwas anziehen.»

Am nächsten Tag versuchte ich vergeblich, Kati Wesenberg zu erreichen. Eine Frau, vermutlich ihre Mitbewohnerin, sagte mir, Kati sei für ein paar Tage weggefahren, ich könne mir ja denken, warum. «Toter Exmann», schoss es mir spontan in den Kopf.

Isolde Vetter, Katis angeblich befeindete Ex-Schwiegermutter, war ebenfalls Fehlanzeige. Sie arbeitete an einer Schule in Erfurt, so viel wusste ich, und Thüringen hatte noch bis Mitte der Woche frei. Wahrscheinlich befanden sich die Erfurter Lehrer bis dahin alle in einem Ausbildungslager der al-Qaida.

Die Hitze war langsam auf dem Rückzug, unter meinem Dach hielt sie sich allerdings noch ganz gut. Ich war froh, als Gisela mir schon den zweiten Abend in Folge Gesellschaft leistete. Sie bot ein offenes Ohr, dem ich Namen wie Hagen Hohlbein, Karlo Kaltwasser, Eduard Vetter, Elvis Krömpel-Scharfschwerdt und Finn Flegelmilch einflüstern konnte. Idiotische Namen, befand Gisela, eigentlich allesamt. Durch ihre Radioarbeit kannte sie genügend Leute aus der Szene und versprach, sich selbst nochmal umzuhören.

Was mich und unsere Geschichte betraf, hatte ich beschlossen, Giselas Sinneswandel erst einmal nicht zu hinterfragen. Dazu war dann auch gar nicht die Gelegenheit, denn Klepzig rief an und diktierte uns das weitere Programm.

«Mach das Erste an, Meyer, da laufen gerade die Nachrichten. Es gibt später noch ’ne Sondersendung über Heiligendamm, und da spielt eine Figur aus unserem Fall mit. Am besten, ich komme gleich bei dir vorbei, und wir machen uns ’nen gemütlichen Abend.» Typisch Polizei. Die kommen immer, wenn es gerade schön wird.

«Ich mache mir eigentlich schon ’nen gemütlichen Abend.»

«Ohne mich? Du darfst deinen alten Freund doch nicht hängenlassen. Also, zieh dir was Anständiges an, ich bring ’n frisches Sixpack mit.»

Ich versuchte den aufdringlichen Kommissar mit ein, zwei weiteren Einwürfen davon abzuhalten, aber die Staatsgewalt achtete nicht so auf Etikette. Und als die Nachrichten die Verhaftung einer großen Gruppe von Umweltaktivisten in Heiligendamm vermeldete und ich auf dem Bildschirm das Gesicht von Anja Heinze zu erkennen meinte, war mir klar, warum Klepzig unbedingt vorbeikommen wollte. Ich hatte von der ersten Sekunde an das Gefühl, er interessiert sich für die Braut.

Gisela hatte nichts einzuwenden gegen einen Abend zu dritt, sie war einfach sozialer veranlagt als ich.

Klepzig knallte das Biergebinde auf den Tisch, als habe er irgendwo einen Sieg errungen, oder als gelte es, die Aufklärung des Falls zu feiern.

«Was ist los, alte Silbernase, bist du befördert worden, ist Hösendorfer gestorben, oder spielen Slayer im *Objekt 5*?»

Klepzig zündete sich eine an, ich mixte die Drinks, Gisela war dabei, ein paar belegte Brote zu basteln.

«Anja Heinze sitzt in Rostock in Untersuchungshaft. Sieht fast so aus, als würde sie ihre Rückkehr nach Halle bewusst verzögern. Sie soll zu einer militanten Gruppe gehören, die versucht hat, die Vorbereitungen für den G8-Gipfel zu stören.» Klepzig hustete, nahm einen tiefen Zug, und der Husten ließ nach. Na bitte, im richtigen Leben war Rauchen nämlich gesund.

«Bist du unter die Fernsehnacherzähler gegangen? So viel weiß ich auch schon aus den Nachrichten. Sag schon, was hast du rausgekriegt?»

Klepzig hatte keine Ahnung. Deshalb versprach er sich ja etwas von der Sondersendung. Als würden diese Schnellschussformate nicht immer nur das zusammenfassen, was schon jeder wusste.

«Die wollen die Heinze da noch ’n paar Tage festhalten, wenn der Staatsanwalt mitmacht. Und warum sollte der nicht mitmachen. Wenn sie irgendwas schlimmer machen können, als es ist, dann sind sie doch da, diese Staatsbeamten.»

Jetzt würde gleich das übliche Hösendorferlamento folgen. Zum Glück tauchte Gisela genau im richtigen Moment mit den Broten auf.

«Immer ruhig, Klepzig. Vielleicht ist Anja ja morgen schon wieder auf freiem Fuß.»

«Apropos Fuß. Hast du gesehen, dass sie ein Fußkettchen trägt?»

«Hat das irgendwas mit unserem Fall zu tun?»

Gisela grinste. Ich bat sie, uns zu verraten, was es mit Fußkettchen und Zehenringen so auf sich hatte.

«Muss irgendein Hühnerstall-Impuls sein, ich hatte noch nie ein Fußkettchen. Aber ich trink auch keinen Amsellikör!»

Klepzig haute sich auf die Schenkel. «Das ist Fauser, der größte unter den deutschen Dichtern.»

Ich hatte mich nicht verhört. «Wenn ihr mal euer Halbwissen für euch behalten könntet. Die Sondersendung geht los.»

Wie erwartet, brachte die keine neuen Erkenntnisse. Und kaum war sie vorbei, verabschiedete sich Klepzig in Richtung Bahnhof, um die letzte Verbindung nach Rostock noch zu schaffen. Er hatte es auf einmal doch eilig mit der Ostsee.

«Morgen Abend bin ich zurück!», hörte ich ihn rufen, als er schon die Treppe runter war.

«Das sagen sie alle», flüsterte Gisela mir mit einem Augenzwinkern zu.

14. Am nächsten Tag mittags rief Klepzig aus Rostock an und lud mich für eine abendliche Lagebesprechung in seine Wohnung ein. Also in mein altes Büro. Schön, das mal wiederzusehen. Wenn es auch eigentlich ganz gut war, dass ich nicht mehr da wohnte, sonst würde ich dauernd unten im *Hölderlin* rumhängen. Natürlich, für Klienten sieht das anders aus. Die meisten lieben Privatdetektive, die in windschiefen Buden über fragwürdigen Etablissements hausen. Das gibt ihnen so was Verwegenes, was von Halbwelt. Da sich die meisten Fälle in genau diesem Milieu abspielen, denken potenzielle Klienten, sie können sich die Spesen sparen, da der Schnüffler ohnehin dort rumlungert, wo sie ihn hinschicken wollen. Zum Glück wissen sie nicht, dass die Reisekosten immer den geringsten Posten ausmachten, genau wie im richtigen Leben.

Ich lag auf dem Sofa, blätterte in der Biographie von Curtis Mayfield und sortierte nebenbei die Post. Ich hatte am Morgen das bestellte Buch abgeholt und dazu ein Büchlein, das mir *Paradise Lost* mit all seinen Tücken, Fallstricken und Bezügen genauer erklärte. Es las sich ein wenig wie *Der Mann ohne Eigenschaften in dreißig Minuten*, aber es ermöglichte mir den Einstieg in das umstrittene Werk. Umstritten, wie ich erfuhr, nur, weil die Literaturfuzzis sich nicht einigen konnten, ob *Paradise Lost* nun zum Kanon gehörte oder nicht.

Ob Kanon oder nicht, ich konnte mir schwer vorstellen, dass Curtis Mayfield Milton als Lektüre bevorzugte, aber dafür war ich mir sicher, dass Milton niemals Mayfield gehört hatte. Es gab Dinge im Leben, deren konnte man sich sicher sein, andere würden ewig nebulös bleiben. Wenn man das einmal begriffen hatte, gehörte man zwar nicht gleich zur intellektuellen Elite, für einen persönlich wurden ein paar Dinge jedoch einfacher.

Unser Fall dagegen wurde eher komplizierter: Mittlerweile war die Leiche von Hagen Hohlbein freigegeben worden, das Organisatorische für seine Beerdigung übernahm seine Band selbst. Dass alle Mitglieder auch noch mehr oder minder richtige Berufe hatten oder sich im Mensch-Künstler-Übergangsstadium befanden, kam da gelegen. Der Drummer der Frohen Zukunft leitete ein kleines, aber feines Unternehmen mit dem Namen *Abschied*. Innerhalb der Band nannte man ihn deshalb Urnen-Udo. Es gab in seinem engeren Umfeld keinen, der nicht über diverse Gutscheine verfügte, die Udo in besonders depressiven Phasen großzügig verschenkte. See- und Feuerbestattungen mit allem Schnickschnack waren seine Spezialität.

Urnen-Udo führte das kleine Unternehmen mit zittriger Hand, und der Pianist der Band, Horst Oberländer, genannt Underground, stand ihm zur Seite. Underground hatte circa einhundert Semester Philosophie, Geschichte, Politik, Kunstgeschichte, Germanistik, Sinologie und Metaphysik studiert – um hier nur einige Fachrichtungen zu nennen. Kein Mensch verstand, was er sagte. Bei der Frohen Zukunft hatte er absolutes Textverbot, aber er war ein phantastischer Pianist. Der David Helfgott von Halle, nur eben richtig verrückt. Underground hob die Gräber aus, organisierte die Grabsteine, die Abläufe, die Totenfeier, und auf Wunsch hielt er auch die Rede und begleitete sich dazu selbst auf der Hammond-Orgel mit *Never Can Say Goodbye* in der Version von Isaac Hayes. In den USA würde Underground sicher in der Band eines großen Soul- oder Gospelhelden spielen, wäre der Fahrer von Diana

Ross, Präsidentschaftskandidat, Außenminister oder Anwärter für die Hauptrolle in *Das Schweigen der Lämmer 3*. In Deutschland werden solche Genies leider immer noch verkannt.

Ob Undergrounds Vorstellung gut oder schlecht ankam, hing vom kulturellen Hintergrund ab, dem der zu Befördernde entstammte. Seine Reden endeten immer mit demselben Tom-Waits-Zitat: *The rain makes such a lovely sound for those who're six feet underground*. Nicht jedem mochte das gefallen. Danach verabschiedete Underground die Trauergemeinde mit dem Satz: «Und jetzt Fell versaufen!»

All das hatte mir Finn Flegelmilch heute beim Frühstück im *Nöö* erzählt. Er war für zwei, drei Tage nach Halle gekommen, um seine Jungs, wie er sagte, wieder aufzubauen. Wahrscheinlich hatte er von Krömpel-Scharfschwerdt den Auftrag, sich schnellstens um einen neuen Gitarristen zu kümmern. Einen, der gut aussah und vielleicht sogar ein wenig spielen konnte. *Abrissbirne Diskokugel* war in den Charts, die Maschinerie musste am Laufen gehalten werden. Die Morde waren in jedem Fall gute Verkaufsargumente. Jedoch für Frohe Zukunft wie auch für die Perlen würde es schwer werden weiterzumachen.

Aber war es das nicht für uns alle? Ich lag immer noch auf dem Sofa, meine Gedanken schwirrten um meinen Fall. Gab es eine Verbindung zwischen Hagens Tod und dem von Vetter? Das war zwar nicht mein Fall, trotzdem musste ich jede Kleinigkeit in Betracht ziehen, die Klepzig von den Erfurter Kollegen erfuhr. Wenn er mal etwas erfuhr. Ich für meinen Teil hatte Flegelmilch. Er war das Verbindungsstück, und er war hochmotiviert, also falsch in seinem Job. Er liebte Musik wirklich, und er wusste, dass das gefährlich war heutzutage. Die Plattenfirmen feuerten Leute, wo sie nur konnten, Musikliebhaber zuerst. Freisetzen hieß das jetzt euphemistisch, und nirgends gab es so viele Freigänger wie in Dunkeldeutschland.

Ich kam auf die Idee, mich nützlich zu machen, und staubte den Gummifalken ab, der auf meinem Schreibtisch stand und auch keine Antworten auf meine Fragen hatte. In meinem CD-Player lief *Kalt erwischt* von Frohe Zukunft, ich hörte genau hin und versuchte, dem Text aus der Feder von Karlo Kaltwasser geheime Botschaften zu entlocken. Merkwürdig, dass ich erst jetzt darauf kam.

Schäumende Gischt
Kalt erwischt
Einsam und allein
Knochen und Gebein
Warst kaum hier
Schon wieder fort
Ich zitter und frier
Denke an Mord

Mit solchen Texten schaffte man es also heute in die Charts. Da waren ja die Blut-und-Boden-Ergüsse von den Bösen Onkelz besser. Oder die von Sisters of Mercy: *Hey now, hey now now, sing die Verrostung zu mir* … Nur: Was für einen Mord besang Kaltwasser da? Gegen wen richtete sich sein Hass, gegen sich selbst, gegen Anja Heinze, gegen die Konkurrenz?

Dein morbider Retter
Gerät in die Wetter
Dreht sich im Rund

Schaum vor dem Mund
Schäumende Gischt
Ich – kalt erwischt

Ich wusste, dass die allermeisten Liedtexte nicht über den kleinen Pur-Katechismus hinausgehen, aber das hier war die Ausgeburt eines umnachteten Eierdiebs, der einen Teil seiner Gage unbedingt mal in eine Verslehre stecken sollte.

Okay, es muss ja nicht immer gleich Milton sein, dachte ich, als ich plötzlich eine Textstelle hörte, die mir bekannt vorkam:

Im Feuerherz der Hölle
In finsteren Tiefen auf Geheiß
Gefallener Cherub nun
In ewigem Eis
Wird Gutes tun
Niemals unser Auftrag sein

Moment, Hank, sagte ich mir und griff nach dem Milton. So etwas Ähnliches hatte ich doch vorhin gelesen. Ich blätterte hektisch in dem gelben Büchlein. Die Band gab alles. *Wird nie, nie, niemals unser Auftrag sein,* skandierten sie bedrohlich ein ums andere Mal, und plötzlich fand ich die Stelle wieder – weit war ich ja noch nicht gekommen, Zeile 175: *Im Feuerherz der Hölle hier zu wirken.* Und wenig später fiel auch schon der Cherub.

Da hatte sich Kaltwasser frech bedient. Natürlich wusste ich, dass sich Rocker gern aus den Texten anderer bedienen. Aber diesen Lyrikbruder hatte ich eindeutig unterschätzt. Wie kam er darauf, seine Abrissbirne in dieses Stück Hochkultur zu stecken? Das hier war eine Spur. Eine, auf der ich

Karlo kalt zu erwischen hoffte. Ich hatte mich schon oft getäuscht, doch hier lag der Fall auf der Hand: Kaltwasser war fertig, es war klar, dass er den Rock-'n'-Roll-Rummel nicht mehr lange durchhalten würde. Also hatte er die Erpresserbriefe geschrieben, zuerst seinen Freund Hagen Hohlbein wegen ein paar lausiger Verlagsrechte ermordet, danach seinen Widersacher Eduard Vetter ausgeknipst. Und sich dann auch noch selbst um einen Privatdetektiv gekümmert, den er für unfähiger hielt als die Polizei.

Halt. Ich sollte mir jetzt keine Steilvorlage geben, an mir zu zweifeln. Sonst wäre ich bald so weit, Heuser in Sachen Selbstfindungstrip zu folgen ... Was passiert eigentlich, überlegte ich, wenn man sich am Ende wirklich dabei findet? Sitzt man dann vergnügt mit seinem Unterbewusstsein am Frühstückstisch und bespricht die Albträume der vergangenen Nacht? Hat man dann endlich jemanden, dem man alles in die Schuhe schieben kann, was die eigene Faulheit verzapft? Eltern, Lehrer, Kindergärtner, das waren doch gewöhnlich die Schuldigen in Zeiten nach Ende des Kalten Krieges. Mir fiel auf, wie sehr ich den Kalten Krieg vermisste. Ebenso wie Judy Dench im letzten James Bond.

Ich blätterte noch ein wenig in *Paradise Lost*, duschte kalt und ging die Mails durch. Heuser hatte mal wieder aus dem selbstgewählten Exil geschrieben.

Mein lieber Hank,
ich glaube, es ist das Unberechenbare, was mich an Kindern so fasziniert. Wahrscheinlich lachst du jetzt laut und denkst: Der spinnt, der Heuser. Als ob Frauen nicht unberechenbar genug sind.

Ich glaube mittlerweile, ich habe den Wunsch nach einer Familie lange verdrängt. Das könnte daran liegen, dass mir unsere kleine Ersatzfamilie mit dir und Klepzig bisher genügt hat. Kann aber auch sein, dass ich Angst hatte, mich einer Verantwortung zu stellen. Obwohl ich eine schöne Kindheit hatte, war mir stets bewusst, welche Opfer meine Eltern gebracht haben, um drei Söhne durchzubringen. Heute gibt es solche Konstellationen ja kaum noch. Wenn sich jemand wirklich durchringt zu einem Kind, dann bleibt es meist bei dem einen, weil die Frauen oft schon vierzig sind, wenn sie es bekommen. Ich will dir jetzt gar nicht mit Floskeln wie Gesellschaftsvertrag oder diesem Schmus kommen. Ich weiß auch, dass die Waltons *eine Ami-Serie sind und sich mein Leben mit einer Familie sicher total ändert. Für mich ist es ein großes Abenteuer, wenigstens mal in diese Richtung zu denken. Romantische Vorstellungen von schlaflosen Nächten habe ich keine, um deine Replik gleich vorwegzunehmen.*
Was werden wir in zwanzig Jahren denn machen, hast du dir die Frage mal gestellt? «Fossil FM, das Rentnerradio: Heute wieder mit dem großen Pistolen-Gewinnspiel. Ob Banküberfall, Selbstmord, Terroranschlag oder Flugzeugentführung – mit der Fossil-FM-Pistole können Sie endlich all das tun, was Sie immer tun wollten, wenn Sie nichts mehr zu tun haben, wenn Sie nichts mehr zu verlieren haben außer Ihrem Leben. Wenn bei Ihnen das Telefon klingelt, dann melden Sie sich einfach mit: Ich höre volle Pulle Fossil FM! *Und das gute Stück geht Ihnen in den nächsten Tagen zu. Heute in der besonderen Edition zusammen mit der DVD des Steve-McQueen-Klassikers* Bullitt.»

Ich legte eine Pause ein. Was wollte der Kerl? War er nicht ausgelastet? Oder schrieb er gerade an *Brave New World According to Heuser*? Ich konnte ihn in der realen Welt weitaus besser gebrauchen. Vor allem vermisste ich seinen Humor, der in seiner Mail offen gesagt nur leise durchschimmerte. War das der Bursche, der einst bekannt hatte, sein furchtbarster Tag sei der gewesen, als John Denver in der Muppet Show zu Gast war? Der *Bowling for Columbine* für zu romantisch hielt? Der Draufgänger, mit dem ich in New Orleans auf der Suche nach dem Schlüpfermörder tapfer dem Voodoo widerstanden hatte? Dieser Heuser wollte jetzt am liebsten die Weltreligionen einen? Das Paradies schien wirklich verloren. Glaubte der tatsächlich, eine Frau könne ihm eine Männerfreundschaft ersetzen? *You can call me bastard, you can call me friend.*

Dem Tag war das Licht langsam abgeflossen. Ich brauchte dringend einen Drink. Dann gab ich mir den Rest:

Manchmal habe ich Angst, Hank. Angst, die Zeit sinnlos verstreichen zu lassen. Diese Regung kann ich bei dir leider nicht feststellen. Fragst du dich denn nicht manchmal, was von uns bleiben wird außer ein paar blöden Sprüchen und jeder Menge Leergut? Ich habe gerade von der höheren Aufgabe gelesen, die einem jeden von uns im Leben zugedacht ist. Meine gilt es noch zu finden. Ich bin auf dem Weg.
Dein Heuser

Alle Achtung, da war er also: auf dem Weg in das Leben, für das es drei Modelle gibt, die Waltons, die Simpsons und die Bundys. Alle drei nicht unbedingt erstrebenswert.

Ich hätte Heusers Mail gerne für einen von diesen Kettenbriefen gehalten. Aber hier musste ich wohl antworten.

Howdy Heuser,
ich bin kein Soziopath und zu antizipatorischer Angst durchaus in der Lage. Nur richtet sich meine Angst genau auf das, was du zu suchen glaubst. Wenn sich der Weg, auf dem du bist, mal wieder mit meinem kreuzen sollte, dann würde mich das sehr freuen. Du kennst meine ausgetretenen Pfade, also: runter vom Weg, rein in die Kneipe. Die Hafenrundfahrt hat nämlich längst begonnen – und ich habe deine Hilfe bitter nötig. Ich frage mich auch oft, was bleiben wird. Zum Beispiel, ob mir meine Wohnung bleiben wird, wenn ich die Miete nicht auftreiben kann.
Falls wir uns noch im Diesseits begegnen, gebe ich einen aus, oben hast du als Gutmensch dann ja die Getränke frei und kannst dich revanchieren.
Hank
PS: Und falls du vorhast, diese Familie mit mir zu gründen, solltest du wissen, dass ich mich für eine Geschlechtsumwandlung mental nicht in der Lage fühle.

15. Das Telefon ließ mich hochfahren. Schatten lagen in meiner Wohnung. Gerade hatte ich noch in einer Fernsehwerbung die Hauptrolle gespielt. Meine Aufgabe war es gewesen, Heuser vor einer Bande krimineller Säuglinge zu schützen, die ihre todbringenden Tentakeln nach ihm ausstreckten. Ich öffnete den Trenchcoat wie weiland Kermit, und im Innenfutter wurde statt einer Knarre ein Spruch sichtbar: *Schäumende Gischt, Ich – kalt erwischt.*

Der Ventilator hatte meinen Mund völlig ausgetrocknet, und ich röchelte in den Hörer, den ich wegen der Dunkelheit erst nach zehnmal Klingeln fand. «Bergzoo Halle. Sie wünschen?»

«Weißt du, wie spät es ist? Ich sitze hier auf den Getränken rum und warte. Bist du jetzt auch schon abends unpünktlich?» Klepzig klang nicht gerade gut gelaunt.

«Mist, ich bin wohl eingeschlafen. Wie viel Uhr haben wir es denn?» Ich suchte nach dem Lichtschalter, stolperte dabei über den Müllsack, den ich mir bereitgestellt hatte, um ihn auf dem Weg zu Klepzig gleich mit runterzunehmen. Seit ich vor einem Monat Fressmotten in der Küche gefunden hatte, hatte sich zu den üblichen Leiden noch eine Schädlingsparanoia gesellt. Jetzt lag der Abfall auf dem Parkett verteilt, eine Mischung aus Essensresten, Kippen und Teefiltern, und ich erwog kurz, die Wohnung aufzugeben und von Klepzig mein altes Büro zurückzufordern.

«Ich räum hier kurz den Dreck weg und bin in zehn Minuten bei dir.»

«Wir treffen uns unten im *Hölderlin*. In meiner Bude ist es viel zu heiß, mindestens fünfzig Grad. Bis gleich.»

Na bitte. Ein Gleichgesinnter. Ich fegte die Schweinerei zusammen, wischte einmal drüber, schnappte mir ein Päckchen Tabak und verließ mit dem Müll meine Behausung.

Als ich gerade die Tür hinter mir zuziehen wollte, klingelte erneut das Telefon. Ich überlegte kurz, ob ich auf Feierabend umschalten sollte, aber ich machte mir nichts vor: Ich hatte nie wirklich Feierabend.

Es war Mollenkott, der Drei-Tage-Freund von Gisela Manfraß. Er wollte wissen, ob ich seinen Auftrag annähme. Ich hielt mich bedeckt. Er bot an, mir jeden erwünschten Vorschuss zu zahlen, ihn sogar vorbeizubringen. Im *Höl-*

derlin. In etwa einer Stunde. Ich hatte zwar keine Lust, Mollenkott kennenzulernen, aber vielleicht war das der einzige Ausweg, wenn ich nicht wieder anschreiben lassen wollte.

Das *Hölderlin* war im Gegensatz zu den anderen Kneipen meines Viertels gut gefüllt. Ich fragte mich schon lange, wie Ulli das hinkriegte. Überall beschwerten sich die Leute über die Flaute in ihrer Brieftasche, ein Laden nach dem anderen machte dicht, Läden, die Besseres zu bieten hatten als diese düstere Absteige. Besseres Essen, preiswerteres Bier, freundliche Bedienung und Jukeboxen mit einer Auswahl von Madonna bis Justin Timberlake. Aber Ullis Laden boomte. Vielleicht lag es daran, dass man hier nichts zu befürchten hatte. Nicht weil Klepzig die Bude vom Tresen aus bewachte, nein, weil hier das Modediktat aufgehoben war und die Versportlichung der Gesellschaft noch nicht Einzug gehalten hatte. Man konnte unrasiert in seinem letzten halbsauberen Hemd dasitzen, ohne aufzufallen. Und genau das taten Klepzig und … Ich traute meinen Augen nicht. In der Country-Ecke saßen Klepzig und Heuser. Wie früher. Es musste eine optische Täuschung sein. War der Sohn des Lichts vom Weg der Erleuchtung abgekommen, oder waren ihm die Bälger so auf den Zünder gegangen, dass er Zuflucht in einem großen Glas Bier suchte? Heuser sah gut aus, auch wenn ich ihm das nicht gönnte. Er hatte abgenommen.

Ich beschloss, so zu tun, als sei nichts passiert.

«Heuser, du siehst ja aus wie John Wayne nach der Wurmkur. Ich sollte mir auch Kinder anschaffen, die machen schlank.»

Heuser lächelte zu dem Teil meiner Ansprache, den er

als Kompliment verbuchen konnte, und überhörte den Rest. Wahrscheinlich lernten sie das bei dieser ganzheitlichen Lebensweise. «Ich freu mich auch, dich zu sehen. Hab deine Mail gelesen und bin gleich hergekommen. Ist ja quasi um die Ecke von der Triftstraße.» Heuser prostete mir zu. Sollte es noch Rettung für ihn geben? Die Gläser klackten.

«Der Messias in unseren heiligen *Hölderlin*-Hallen. Kein Babysitting heute Abend?»

Heuser war nicht aus der Ruhe zu bringen. «Klepzig hat mir schon alles erzählt. Böse Sache. Ich kenne ja Vetter nicht direkt, aber das jetzt, das hat er nicht verdient.» Floskeln, dachte ich, Floskeln, woher kennst du Vetter denn indirekt? Aber ich fragte nicht nach, ich wollte meinen alten Freund nicht in Verlegenheit bringen.

Klepzig mischte sich ein. «Also, Heuser meint, dieses Buch von diesem Milton ist ziemlich unbekannt, spielt keine große Rolle mehr heute. Es muss sich also um jemanden handeln, der ein älterer Jahrgang ist. Jemand, der vielleicht Englisch studiert hat oder so.»

«Oder so. Ich weiß schon. Das bringt uns jetzt unheimlich weiter. Wären die Erpresserbriefe aus dem *Faust*, dann würde jeder Oberschüler in Frage kommen. Das ist doch Blödsinn.»

Heuser lächelte immer noch, als sei er auf Prozac. Ich beeilte mich, ihm und Klepzig meine Theorie zu unterbreiten.

«Das ganze Ding ist ein Rätsel. Jemand hat zufällig diesen alten Schinken in die Hände bekommen, und ich weiß auch, wer das ist. Karlo Kaltwasser hat sich bei Milton für seine kryptischen Texte bedient. Kaltwasser war's. Der hat ein Motiv.»

«Klar, Milton ist Kaltwassers Lieblingsautor, seit er seinen Doktor in englischer Literatur gemacht hat.» Das war nicht nett von Heuser, trotzdem freute ich mich, ihn mal wieder lachen zu hören.

Ich bekam nicht mit, was Klepzig klug ergänzte, denn in diesem Moment trat Ulli an unseren Tisch und tat geheimnisvoll: «Meyer, deine Figur wird verlangt von dem Ganzseidenen da am Tresen.»

Ich schaute aus den Augenwinkeln zur heiligen Zapfstelle und wusste sofort, wen Ulli meinte. Das musste Mollenkott sein. Er wirkte eingefallen und verwirrt. Was hatte die Manfraß denn da geritten? Oder besser: wen? Ich entschuldigte mich, steckte dem Pferdekopf das gelbe Reclam-Büchlein ins Maul und schob zum Tresen rüber.

Mollenkott sprach noch wehleidiger, als er aussah. «Herr Meyer, schön, dass Sie kommen konnten ...»

«Ich war schon hier, Sie sind gekommen, und ich glaube, Sie sollten schnell wieder gehen. Ich habe es mir überlegt. Dieser Fall ist nichts für mich. Ich bin befangen, wenn Sie wissen, was ich meine.»

In seinem Blick paarte sich Enttäuschung mit tiefer Verletzung, der Verletzung, die das Leben ihm beigebracht hatte. Er war gut gekleidet, sah nach viel Geld aus, aber was Frauen betraf, hatte er sicher eine schöne Reihe Misserfolge hinnehmen müssen, das merkte man auf den ersten Blick. Er hatte alles, was man brauchte, um regelmäßig seine hohen Rechnungen zu bezahlen, aber nichts, was darüber hinausging. Wahrscheinlich parkte draußen sein fetter Mercedes, oder er war einer der zwei Porschefahrer in Halle. Nein, von diesem Haufen Elend konnte ich kein Geld annehmen.

Ich hatte die Idee pikant gefunden, auf seine Kosten die

Getränke zu kaufen, die ich Gisela servieren würde, wenn sie sich mal wieder spätnachts in meine Wohnung verirrte. Aber dieser Anblick löste nichts als Mitleid aus.

«Ich sag Ihnen was: Vergessen Sie Gisela Manfraß. Die ist 'ne Nummer zu groß für Sie. Fahren Sie raus in den *Muschi Club* und fragen Sie nach Triller-Uschi, die hat sicher auch 'ne Paul-Anka-Nummer drauf. Für das, was ich Sie koste, können Sie da 'ne Woche wohnen.»

«Aber ich liebe Gisela», brachte Mollenkott hervor.

«Genau deshalb! Stürzen Sie sich nicht ins Unglück. Hören Sie auf mich. Rufen Sie mich an, wenn Ihnen die Katze wegläuft oder der Porsche gestohlen wird oder der Picasso. Oder wenn die Katze mit Porsche und Picasso abhaut. Dann bin ich genau Ihr Mann!» Ich streckte ihm die Hand hin.

Mollenkott drehte sich um. Im Gehen raunzte er: «Sie Arsch!» Genau davon hatte er immer geträumt. Das hatte er eigentlich schon lange sagen wollen, seinem Vater und seinen Internatslehrern und seinem Boss. Nun hatte er es mir gesagt und fühlte sich besser. Ich fühlte mich auch besser. Ich ergriff das kleine Tablett mit drei frischen Bieren drauf. Ulli lächelte wissend.

Es wäre nicht das erste Mal gewesen, dass ich mich für einen Job bezahlen ließ, den ich schlecht oder halbherzig erledigte. Aber das waren meist Auftraggeber, die es chic fanden, ihren Freunden und Kollegen zu erzählen, dass sie jetzt einen Detektiv eingeschaltet hatten. Menschen, die sich irgendwie ins Gespräch bringen mussten und denen ich das Gefühl vermittelte, sie lebten wild und gefährlich. Ich verschaffte ihnen quasi ein Alibi dem Leben gegenüber, und das konnte man sich gar nicht hoch genug bezahlen lassen. Aber Mollenkott hatte eine Laune von Gisela für Liebe gehalten. Dafür würde er genug bezahlen müssen, und daran wollte ich nichts verdienen.

Ich sagte mir, dass sich Sam Spade und Philip Marlowe genauso verhalten hätten in dieser Situation. Wenn man wie ich seine moralische Bildung aus Kriminalromanen bezogen hatte, gab es eine gewisse Hemmschwelle, die konnte man nicht überschreiten. Ich wusste nicht, wie sich Menschen verhielten, die mit Günter Grass auf dem Nachttisch einschliefen, aber es war mir auch ziemlich egal. Bestimmte Dinge brachte man selbst mit der kriminellen Energie eines Privatdetektivs nicht übers Herz, und Herzensangelegenheiten gehörten nun einmal dazu.

Klepzig und Heuser empfingen mich mit vielsagenden Blicken. Klepzig kannte den Verlorenen natürlich. «Was hast du denn mit diesem Stadtratfuzzi zu tun, Kollenmott oder wie der heißt?»

«Mollenkott.» Mir war nicht danach, die Geschichte zu vertiefen. «Hab ihm nicht helfen können.»

Ulli bewies wie immer den richtigen Riecher. Er schob Josh Rouses *1972* in den Player, und die Mitternachtssonne ging auf.

Lang und breit erzählte ich den Kumpanen von meiner Textexegese von *Kalt erwischt*. Klepzig gähnte, und Heuser sagte, dass er nur kurz mal reinillern wolle und dann leider wieder losmüsse. Eine seiner Mitbewohnerinnen komme spät am Abend von ein paar Tagen Urlaub zurück, und da wolle er zu Hause sein. *Reinillern,* dachte ich, sprachlich bekam ihm die WG aber nicht.

Er erhob sich und beteuerte, in Kontakt zu bleiben. Ich beteuerte meine ewige Freundschaft. «Wenn sie dich auf Bewährung setzen, dann bist du bald wieder draußen, alter

Junge! Für eine Kaution fehlt uns leider das Geld. Lies doch einfach die Autobiographie von John Travolta. Scientology ist auch immer noch ein Weg.»

Josh Rouse sang über ein Slaveship, das zum Spaceship mutierte. *I love you, would you marry me.* Der Mann hatte echt Soul, wenn man bedenkt, dass er als Springsteengefärbter Nebraska-Songwriter begonnen hatte, Hut ab! Heuser verabschiedete sich mit etwas, das klang wie «bis demnächst».

Ich fühlte mich, als hätte ich eine alte Freundin wiedergetroffen, die mich spüren ließ, wie sehr sie mich bedauerte, um dann selbst zurückzumarschieren ins Gefängnis des Alltags, das zu lieben sie sich verpflichtet hatte. Aber wenn sie einer rausholen würde, hätte sie in einer halben Stunde gepackt. Ich streckte Heuser beim Abschied mein T-Shirt entgegen wie einen verzweifelten Hilfeschrei. *Can I get some contact with what is real?* Josh Rouse forderte Liebe zurück, Klepzig und ich forderten zwei Bier.

Tatsächlich stand der Höhepunkt des Abends ja noch bevor: die Geschichte über Anja Heinze. Klepzig war auf einmal wieder hellwach und hob zu einer längeren Ausführung an.

Er hatte den Rostocker Kollegen was von rätselhaften Morden und einer wichtigen Zeugin erzählt und Anja Heinze daraufhin tatsächlich in der U-Haft befragen dürfen. Dort war er zu der Erkenntnis gelangt, dass sie zwar ausgesprochen hübsch war, aber leider nicht alle Tassen im Schrank hatte. «Uschi Obermeier, nur echt politisch», so ähnlich drückte er sich aus. Die Geschichte ihrer Verhaftung machte Anja allerdings eher sympathisch. Zusammen mit ein paar Freunden ihrer Bürgerinitiative FBI, was für Freie Bürgerinitiative Individualität steht, hatte sie in Heiligendamm für Aufsehen gesorgt. Kurz vor der Errichtung des Zauns rund um die weiße Hotelsiedlung für die Reichen und Schönen, in der demnächst der G8-Gipfel stattfinden sollte, war Anja an einer atemberaubenden Aktion beteiligt.

Die FBI hatte bei Nacht und Nebel eine Minibombe in die am Rande des Geländes gelegene Villa geschmuggelt. Man wollte lediglich für ein wenig Krawall sorgen, wusste aber nicht, dass sich sämtliche Farben für die gesamte noch zu vollendende Anlage in dieser Villa befanden. Unter normalen Umständen hätte es ein wenig geknallt, und vielleicht wäre eine Scheibe rausgeflogen. Aber es war anders gekommen. Die Farben hatten Feuer gefangen, Gase entwickelt, irgendwann hatte es einen beachtlichen Knall gegeben, und das gesamte Haus war in die Luft geflogen. Da auch die Kellerräume der Villa mit brennbarem Material vollgestellt waren, hatte sich die Explosion bis in die Kanalisation ausgedehnt.

Das zu diesem Zeitpunkt zu achtzig Prozent ausgebuchte Hotel erfreute sich besonders bei Golfspielern großer Beliebtheit. Ausgezeichnete Plätze bei noch besserer Ostseeluft, das lockte Arschgeigen aus nah und fern an. Etliche dieser Ersatzsportler wurden an einem strahlenden Vormittag just beim Palavern über Hund und Handicap unterbrochen, als in Sichtnähe eine weiße Villa vom Boden abhob wie ein Tischfeuerwerk zu Silvester. Dreißig Sekunden später regneten die Exkremente, die mit dem Haus in den Himmel geschossen worden waren, auf den Golfplatz. Die gesamte Region wurde von einer braunen Gülleschicht überzogen, das Armageddon war der reinste Kindergarten dagegen.

Wie immer in extremistischen Gruppen hatte jemand nicht dichtgehalten, und wie so oft war Eifersucht im Spiel.

Anja war daran wohl auch nicht ganz unschuldig, mehr hatte Klepzig leider nicht erfahren. Ein paar Stunden nach der Explosion jedenfalls, die Truppe feierte im *Seeteufel* in Kühlungsborn den entscheidenden Schlag gegen das Finanzkapital, waren achtundzwanzig Leute verhaftet worden, darunter Anja Heinze. Sie und zwei weitere Frauen, die nicht direkt am Bau und an der Installation der Bombe beteiligt gewesen waren, würden vermutlich bald wieder auf freien Fuß gesetzt. Nicht schlecht, dachte ich. Alle Achtung, Anja.

Die Geschichte war der Hit, und Klepzig genoss es, sie zu kredenzen. Er hatte sich noch ein paar Stunden Sonne in Warnemünde gegönnt, und er war verknallt in Anja Heinze: auch wenn er sie für verrückt hielt oder wohl gerade deshalb. Nur zum Tod von Eduard Vetter hatte er sie in all der Aufregung nicht befragt.

Wir sahen im *Hölderlin* noch ein wenig dem Sozialstaat beim Verschwinden zu, dann machte ich mich auf. Nicht, ohne ordnungsgemäß anschreiben zu lassen, natürlich. Auf dem Nachhauseweg fiel mir die Triftstraße ein. Hatte Heuser den Namen erwähnt? Wohnte da nicht auch ... Wer noch gleich? Notizenmachen, Hank, Notizenmachen, lautete mein Heimweg-Mantra.

16. Auf der Treppe zu meiner Wohnung wartete Gisela, heute ohne Plastiktüte, dafür mit einer Flasche Becherovka. Sie kannte mich gut genug, sie wusste, wie man Beton mischt. Auch wir lumpenproletarischen Nichthäuslebauer, die wir in zu teuren Mietwohnungen wohnten, verstanden mitunter etwas von Baustoffen. Ausgewählten

Baustoffen natürlich, solchen, die den Regenrinnen unserer Seele Halt gaben.

«Ich brauch nochmal Asyl. Mollenkott ist mir dicht auf den Fersen.» Gisela streckte mir die Flasche entgegen.

«Ich hatte heute Abend auch schon das Vergnügen. Bei aller Liebe ...»

«Spar dir deine blöden Sprüche. Manchmal sehnen wir Frauen uns nach Sicherheit, die Typen wie Mollenkott ausstrahlen.» Sie deutete auf mein Türschloss.

«Mit der Sicherheit, die Mollenkott ausstrahlt, kann ich leider nicht dienen. Dann könnte ich mich ja gleich erschießen. Außerdem wärst du dann nicht bei mir. Aber wie ein Fallschirm aufgeht, das trau ich mir zu, dass ich das begreife.»

Gisela schaute misstrauisch. «Das war jetzt 'ne Liebeserklärung in Hank-Sprech, oder?»

«Das war lediglich die Aufforderung, reinzukommen und die Tür zu schließen.»

«Wie immer pragmatisch und charmant zugleich!»

Ich war mit dem Thema noch keineswegs durch. «Wenn diese Vögel in ihren Ledersesseln im Rathaus sitzen und sich über den Steuerzahler kaputtlachen, dann strahlen sie Sicherheit aus, aber sobald die ihre sichere Umgebung verlassen, bricht ihnen der Schweiß aus. Gisela, noch der tote Esel von Sancho Pansa hatte mehr Abenteuergeist als dieser frühvergreiste Beamte. Wie alt ist der eigentlich? Könnte ja dein Vater sein.»

Gisela vollführte mit dem Zeigefinger eine Waagerechtbewegung in Höhe ihres Halses, die wir beim Radio benutzten, wenn ein Interview drohte, zu lang zu werden. Ich hatte einen gewissen Punkt getroffen. Nicht nur den von Gisela, auch den von so ziemlich jeder anderen Frau. Hier standen wir nun, es waren dreißig Grad nachts um eins, und ich war der Mann, der wusste, wie man einen gewissen Punkt bei jeder Frau trifft. Nicht schlecht, dachte ich. Außerdem konnte ich auch noch Drinks mixen. Also quasi kochen. Und genau das tat ich.

Gisela trank gierig. «Ich hab ein paar Anekdoten für dich über deine neuen Kumpels Flegelmilch und Krömpel. Nichts, was dich wirklich weiterbringt, aber so atmosphärisch, fürs Gesamtbild.» Sie lachte leise vor sich hin, als erinnere sie sich gerade an eine pikante Situation. Ihr Leben hatte da ja so einige zu bieten.

«Lass hören!»

«Die beiden hatten mal eine eigene Produktionsfirma. Für Schlager und Volksmusik, also den wahren Rock 'n' Roll. Als ich damals die Erbschleichersendung von Gerda Lattke übernahm» – die Lattke war das erste Opfer im Fall der Schlüpfermorde gewesen –, «wollte ich die doch etwas lebendiger machen, also die Sendung. Bin deshalb raus zu Veranstaltungen, Volksfesten, na, die ganze Nummer aus der Serie Frohsinn für kranke Schweine, du erinnerst dich.» Beton. «Na, und da bekam ich auch mit diesen beiden Spezis zu tun. Waren ziemlich erfolgreich damals. Wir nannten sie die Techno-Tanztee-Turnlehrer. Sie hatten vom achtjährigen Trompetenvirtuosen bis zum achtzigjährigen schwulen Schuhplattler alles im Programm.»

«Und die haben sich dann das Genick gebrochen?»

«Die nicht. Die Achtjährigen haben Krömpel das Genick gebrochen. In der Branche hieß er eine Zeit lang der Belgier. Man konnte ihm aber nie richtig was nachweisen. Er bekam eine Bewährungsstrafe und durfte nicht mehr mit Kindern arbeiten. Deshalb hat er auf Rock 'n' Roll umgesattelt.»

«Und Flegelmilch hat ihm die Stange gehalten …»

«Du bist eine Sau, Meyer. Flegelmilch ist ganz in Ordnung. Er durchschaut die Zusammenhänge des Geschäfts, aber er kann allein keins aufziehen. Er braucht Krömpel, genauso wie der umgekehrt ihn und seinen Enthusiasmus ausnutzt. Eine Symbiose, quasi wie überall in Chef-Stellvertreter-Konstellationen.»

Ich schnalzte mit der Zunge. «Ein Kinderficker ohne Skrupel, der sich für einen Idealisten hält.»

«So etwa, ja.»

Unsere beiden Helden hatten also Dreck am Stecken, eine gute Voraussetzung für erfolgreiche Geschäfte. Ich machte mir brav Notizen. «Das heißt, Krömpel ist vorbestraft und wäre eingeritten, wenn …»

«… Flegelmilch ihm damals kein Alibi verschafft hätte. So einfach ist das.»

Viel hatte sich also nicht geändert bei den beiden.

«Ach, und noch was …» Gisela streckte mir ihr leeres Glas entgegen. Ich nahm den Küchendienst wieder auf.

«Man munkelt, dass Krömpel beträchtliche Anteile hat an dem Puff da draußen, in der Nähe der *Mitteldeutschen*.»

«Dann müsste Triller-Uschi ihn ja gut kennen.»

Gisela verschluckte sich, ich hatte nicht mit Becherovka gegeizt. «Du meinst Uschi Trelkowski? Die hinkende Hure? Die kennst du?»

«Nicht näher, aber woher weißt du, dass sie hinkt?»

Gisela atmete tief durch, so als wolle sie zur nächsten langen Geschichte ansetzen. «Trelkowski war die Geliebte von Krömpel. Sie war mal eine ziemlich gute Tänzerin. Die beiden hatten einen Unfall, und danach war es vorbei mit dem Tanzen. Krömpel ist sternhagelvoll unter einen Lkw geschlittert. Und Uschi hat dann mit Krömpels Geld dieses Dienstleistungszentrum eröffnet.»

Die Frau kam also vom Theater. Deshalb war sie so gut im Inszenieren. Ich musste grinsen. «Sind die beiden denn noch zusammen?»

«Reine Geschäftspartner, wie gesagt, Krömpel hat seine sexuellen Vorlieben ja neu definiert, und Uschi geht stramm auf die vierzig zu.»

Ich ging auch auf die vierzig zu, und wenn ich noch etwas trank, sogar stramm. Allmählich entwickelte ich eine gewisse Solidarität mit Uschi.

«Kennst du Ingvar Ambjörnsen?», fragte ich Gisela.

«Ist das ein norwegischer Trompeter? Ich kenne nur Nils-Petter Molvaer. Und der ist ziemlich sexy.»

«Ambjörnsen ist Schriftsteller. Einer von den besten. Die Story zu *Elling* stammt von ihm, dieser Film über die Verrückten-WG. Aber egal, Ambjörnsen hat mal einen Krimi geschrieben, da ging es um eine Hamburger Hure mit zwei Holzbeinen. Die war der Hit auf dem Kiez, genau die Mischung, die jeder Mann suchte.»

«Du meinst aus Mutter und Hure?»

«Aus Hure und Stabilbaukasten.»

Gisela lachte laut und hörte nicht wieder auf. Erst als ich mit zwei frischen Drinks und einer Plastiktüte aus der Küche zurückkam, ging ihr Lachen in ein Lächeln über.

17. «Du musst mir helfen, Hank, wie lange dauert das denn, bis du mal ans Telefon gehst?»

«Heuser», flüsterte ich und rollte mich aus dem Bett, ich wollte Giselas Morgenruhe nicht stören. Auf dem Weg in die Küche holte ich erst einmal tief Luft. «Was ist los, hat eine der Blagen eine Murmel verschluckt? Ich mach ja jeden Scheiß, aber manche Fälle sind auch mir zu popelig, das müsstest du mittlerweile wissen ...»

Heuser brüllte in den Hörer, er klang geradezu hysterisch, eine Wesensart, die das Zusammenleben mit Frauen und Kindern hervorgerufen haben musste. «Hank, ein Kind ist entführt worden, aus meiner WG! Komm her, um der alten Freundschaft willen!»

Ich war alles andere als begeistert. Wie er das sagte: meine WG.

«War ich mal mit einer der Frauen aus *deiner WG* befreundet?»

«Klar, die Kinder hier sind alle von dir, du Arsch.»

«Weißt du, wie spät es ist? Ruf nochmal an, wenn die Milch hinterm Horizont dreimal übergekocht ist und ...»

Heuser unterbrach mich harsch. «Versuch, dich ganz kurz mal auf was anderes zu konzentrieren als auf dich selbst, Hank. Okay? Die Entführte ist zehn Jahre alt. Sie heißt Lisa Vetter und ist die Tochter von ...»

«Ich bin in zehn Minuten da. Triftstraße, welche Nummer?»

«40. Bis gleich.»

Wenn man wie ich stramm auf die vierzig zusteuerte, brauchte man etwas, woran man sich festhalten konnte. Ich hatte an diesem Morgen den Fahrradlenker und einen Kater, der nicht etwa von links nach rechts meinen Weg kreuzte, sondern sich von oben nach unten durch meine Eingeweide bewegte. Solange sich überhaupt etwas bewegt, ist es besser, dachte ich. Musikerleichen und entführte Kinder, das Leben meinte es gut mit mir. Natürlich durfte man so einen Gedanken nicht öffentlich aussprechen, aber dafür war ich ja auch Detektiv und nicht Papst geworden. Ich brauchte die Dinge weder auszusprechen noch zu bewerten. Ich musste einfach nur handeln, und das war manchmal schwer genug.

Gerade so eben noch konnte ich dem Jungspund ausweichen, der plötzlich auf den Fahrradweg sprang. Er trug ein T-Shirt mit dem Aufdruck: *Ich möchte Teil einer Jugendbewegung sein.* Ich schlingerte, streifte einen Papierkorb und rief: «Verpiss dich in deine Jugendbewegung, du Penner!» Früher hatten wir die Alten gehasst, heute auch noch die Jungen.

Ohne weitere Vorkommnisse und mit abgeschürftem rechtem Schienbein erreichte ich die 40. Heusers neues Domizil. Mein alter Kumpan schaute erleichtert, als ich über einen großen Berg Wäsche hinweg eintrat in den heiligen Hort des Gesellschaftsvertrags.

Die WG war schlimmer als die meisten meiner Albträume. Eine riesige Altbauwohnung, halbherzig saniert wie so viele in Halle, die aussah, als würde ein Zirkus hier seine Utensilien aufbewahren und, wenn nötig, auch ein paar Tiere unterbringen. Zumindest roch es so. Überall lag Spielzeug herum, die Wände waren tapeziert mit den Kunstwerken der drei Buntstiftlutscher. Obendrüber schien eine ähnliche WG zu wohnen, ich hörte Geschrei und wildes Stampfen. Wahrscheinlich spielten sie die Schlacht am Little Big Horn nach oder Ghostbusters. Oder es war so ein anarchistischer Kinderladen, wo man Fünfjährigen schon das Demonstrieren beibrachte.

Angenehm kühl war es in der Wohnung, das immerhin. Heuser zog mich in sein Zimmer, er hatte meinen nicht eben enthusiastischen Blick registriert. Das Zimmer des Hessen unterschied sich deutlich von dem, was ich bisher gesehen hatte. Alles sauber aufgeräumt, ein Schreibisch, ein Bett, eine Leinwand und ein Videobeamer, kistenweise DVDs. Hier versuchte Heuser also, die Blagen zu Filmspezialisten auszubilden.

Das Zimmer war mit einem schweren Vorhang abgedunkelt und dadurch noch kühler als der Rest der Wohnung. Auf einem Gartenstuhl saß ein zusammengekrümmtes Etwas. Kati Wesenberg, geschiedene Vetter. Ich schätzte sie auf Mitte dreißig. Das verheulte Gesicht machte sie nicht jünger. Sie erhob sich, sackte dann sofort auf den Stuhl zurück. Immer wieder strich sie sich die widerspenstigen dunkelblonden Haare aus dem Gesicht. Kati trug entweder noch ihr Nachtgewand, oder sie war in den Achtzigern steckengeblieben, als viele Frauen diese furchtbaren Pantalons mit Doc Martens und weiten Hemden kombinierten. Dazu tüchtig Patschuli und die erste Single von den Sisters of Mercy.

«Bevor ihr euch unterhaltet, möchte ich, dass du dir etwas anschaust, Hank.» Heuser wies mit dem Finger auf die Leinwand und startete einen Videorecorder. Nach einigen verwackelten Einstellungen war er selbst in einer hellen Cordjacke zu sehen, zunächst in der Totalen. Schwenk. Heuser bewegt sich auf ein zehnjähriges Mädchen zu, das eine Wasserpistole auf ihn richtet. Das musste Lisa Vetter sein. Ein rothaariges, sommersprossiges Mädchen, dem der Schalk im Nacken sitzt. Sie scheint Heuser ein paar Anweisungen zu geben, die dieser etwas halbherzig ausführt. Mehrfach ruft er ihr etwas zu, es sieht aus, als würde er versuchen, witzig zu sein. Zu hören ist nur das Rauschen des Springbrunnens, vor dem die beiden stehen. Dann drückt die Kleine ab, und ein paar Fontänen landen auf Heusers Cordjacke. Der greift sich auf Herzhöhe an die Brust, torkelt ein wenig vor und zurück und fällt schließlich seitlich in den Springbrunnen. Filmende.

Kati griff sich ein Tempotaschentuch und weinte in sich hinein, kaum hörbar. Eine lange Minute verstrich. Dann begannen wir alle drei gleichzeitig zu sprechen. Kati bedankte sich für mein Kommen, Heuser gab das Datum bekannt, an dem der Film aufgenommen worden war, und ich stellte Kati die erste Frage.

«Wie lange vermissen Sie Ihre Tochter schon?»

«Seit dem Aufstehen heute Morgen. Ich wollte Lisa zur Schule fahren. Aber sie war nicht in ihrem Zimmer. Ich dachte mir zunächst nichts dabei und vermutete sie bei Heuser oder draußen im Hof.»

«Macht sie das oft, ich meine, vor Ihnen aufstehen und selbständig was unternehmen?»

«Sie haben sie ja gesehen. Ein Wildfang. Nicht zu bändigen, sehr weit für ihr Alter und sehr phantasievoll.» Kati tupfte sich die Augen.

«Deshalb hat Kati erst mal auch geglaubt, Lisa habe vielleicht einfach keinen Bock auf die Schule», warf Heuser ein. «Besonders begabte Kinder langweilen sich doch oft wegen Unterforderung.» Fragen Sie Professor Heuser, dachte ich. Zu dem steigen die Blagen auch ohne Schokolade ins Auto. Kati nickte ihm zu.

«Das heißt, sie kann durchaus irgendwo in der Stadt rumlaufen und hat sich vielleicht grad 'nen Job als Kellnerin organisiert oder sich bei der Polizei beworben?» Ich imitierte mit der rechten Hand eine Pistole.

«Das habe ich auch erst überlegt. Dann habe ich den Zettel hier gefunden.» Kati streckte mir ein A4-Blatt entgegen. Darauf waren in schönster Manier Buchstaben aus der Zeitung aufgeklebt: *Wir haben Lisa. Wir melden uns. Keine Polizei!* Das war alles. Keine Geldforderung, keine Andeutung eines Motivs und der Text so minimalistisch, als seien entweder die Buchstaben oder der Klebstoff knapp gewesen. Oder als habe jemand versucht, seine schlechten Sprachkenntnisse zu kaschieren. Natürlich konnte auch das ein Trick sein.

Kati ergriff meine Hand und beschwor mich, ihr zu helfen.

Ich ging erst mal nicht drauf ein. «Können Sie sich vorstellen, dass Lisa mit jemandem verschwunden ist, den sie kennt?»

«Vor ein paar Tagen hätte ich sofort gesagt: ihr Vater. Aber das hat sich ja nun …» Kati brach mitten im Satz ab, so als sei ihr der herzlose Ton selbst aufgefallen. Zu trauern schien sie nicht um ihren Ex.

«Und sonst. Irgendwer, zu dem sie Vertrauen hatte?»

Heuser brachte Kaffee. Kati zitterte. Ich bohrte weiter.

«Wie ist denn Lisas Verhältnis zu ihrer Oma?»

«Isolde?» Kati winkte ab. «Kalt.»

«Was ist kalt, das Verhältnis?»

«Die Spur ist kalt, vergessen Sie Isolde.» Kati schlürfte Kaffee.

Ich hatte das Gefühl, sie würde die Schwiegermutter etwas zu auffällig als Verdächtige ausschließen. «Wie ist überhaupt Ihre Beziehung zu Ihrer Schwiegermutter?»

«Wir haben nichts miteinander zu tun», log Kati. Finn Flegelmilch hatte mir da doch ganz andere Geschichten erzählt. Seit der Trennung von Vetter machte Isolde Kati das Leben schwer. Hetzte ihr das Jugendamt auf den Hals, weil sie angeblich nicht in der Lage war, ein Kind zu erziehen. Isolde hatte natürlich etwas gegen die WG, wie überhaupt gegen alles, was Kati tat und dachte. Für die wäre eine Entführung natürlich ein gefundenes Fressen.

«Wo genau wohnt die Dame?»

«Erfurt. Sie ist Schuldirektorin. Sie wissen ja, Lehrer, das ist ein Befund und kein Beruf.» Kati versuchte ein Lachen, verschluckte ihren Kaffee und brach erneut in Tränen aus. Heuser kredenzte Tempos.

«Welche Fächer?»

«Wie bitte?»

«Welche Fächer unterrichtet Isolde Vetter?»

«Deutsch und Englisch. Aber das ist die falsche Fährte!»

«Die Adresse?»

«Erfurt.»

«Etwas genauer?»

«Muss ich nachgucken. Die Tussi zieht dauernd um, ist so eine Gehetzte. Sie darf sich Lisa per Gerichtsbeschluss nicht dichter als auf zwanzig Meter nähern.»

Ich schaute Heuser an, und er verstand meinen Blick. *Happy family.* Kati machte eine abwiegelnde Handbewegung.

«Sie glauben ernsthaft, die Oma entführt ihre Enkeltochter, Meyer? Damit würde sie doch nie durchkommen. Außerdem riskiert sie ihren Job. Die hat doch auch Besseres zu tun.»

«Was hat sie denn Besseres zu tun?», fragte ich scheinheilig.

Kati lachte krank. «Haben Sie schon mal von Tipper Gore gehört?»

«Die Amitussi, die meint, dass Ficken und Blasen explizite Sprache ist und Musiktexte zensiert gehören?»

«So in etwa. Isolde Vetter ist die Tipper Gore von Erfurt. Sie steht einem Komitee vor, das sich für das Totalverbot von Rockmusik einsetzt. Egal, ob von links oder rechts, Rock ist zersetzend, ja, so nennen sie es.»

Auch wenn ich Isolde selbst kaum verdächtigte, das war immerhin eine Spur.

«Was können wir machen, Meyer?», fragte der pragmatische Heuser.

«Kati bleibt hier am Telefon. Falls die Entführer sich melden. Wir beide fahren nach Erfurt.»

Heuser riss die Arme hoch. «Ich kann Kati unmöglich hier alleinlassen in dieser Situation!»

«Und ich kann unmöglich mit dem Fahrrad nach Erfurt fahren. Entweder du kommst mit, oder ihr wendet euch an die Polizei.»

Kati beschwor Heuser, mich zu begleiten, hier könne er ohnehin nichts tun, und wenn die Entführer von sich hören ließen, würde sie sich sofort melden.

Als ich Kati die Hand schüttelte, bemerkte ich ihre ungesunde Haut, die sich von den Fingerkuppen schälte. Irgendwie schuppig. Sie bemerkte, dass ich es bemerkte, und zog ein wenig zu schnell ihre Hand weg.

18.

Klar war das ein Trick. Ich wollte Heuser einfach ein wenig Luftveränderung verschaffen. Thüringer Wald gegen Kinderkacke. Kein schlechter Tausch. Und ich wollte nachholen, was ich gestern Abend nicht ansatzweise geschafft hatte: sehen, ob Rettung noch möglich schien oder ob mein alter Kampfgenosse schon komplett auf Fixies war. Die Dinger waren gefährlicher als Crack. Davon abgesehen kannte Heuser das entführte Mädchen persönlich. Sollte es also an der Straße stehen und den Daumen in den Wind halten, brauchten wir es nur noch einzusammeln.

Heusers Opel Kapitän heulte auf, so als würde er es begrüßen, dass zumindest zwei Drittel der Männerschweigegruppe wieder an Bord waren und sich im Vergleich zu den Fahrgästen der letzten Tage respektvoll benahmen. Also keine Smarties auf die Sitze schmierten und die alte Kiste auch nicht zu Leistungen antrieben, die in den Zeiten ihrer Fertigung noch unter der Rubrik Bemannte Raumfahrt gelaufen waren.

Ich klopfte Heuser liebevoll auf die Schulter. «Sag mal, ist Kati Vegetarierin? Die sieht so anämisch aus.»

Heuser grinste. «Veganerin. Da versteht sie keinen Spaß. Ach, sag mal, wenn wir schon nach Thüringen fahren, dann müssen wir unbedingt Wurst mitbringen, die schmeckt da wie im Hessischen.»

Na, bitte, es war noch Leben in Heuser.

«Super!»

«Was ist super?»

«Dass du noch am Leben bist. Wer Lust auf Thüringer Wurst hat, für den besteht Hoffnung. Wir laden uns den Kofferraum schön voll. Dann schlage ich eine Wurmkur à la Ulli vor, also Betondiät, nur für 'n paar Tage, bis du den Blick wieder frei hast. Dann die Rehabilitierungsphase mit ein paar anständigen Konzerten und einem Ausflug zu Uschi Trelkowskis Wandernuttenzirkus, das wird dir auf die Beine helfen. Nicht jeden Tag dreißig Jahre Wegwerfwindel feiern, sondern auch mal sechshundert Jahre deutsches Reinheitsgebot. Oder zweihundert Jahre Rolling Stones.» Ich hatte gedacht, Heuser würde protestieren. Aber er grinste nur.

«Ist echt anstrengend in der WG. Alles Gemüsefaschisten. Ein paarmal hab ich mich abends heimlich rausgeschlichen und in der Geiststraße beim Türken 'nen Döner gegessen.»

«Enthaltsamkeit ist Impotenz oder Mangel an Gelegenheit.» Heuser nahm sich ein Fisherman's, dann verzog er den Mund, so als habe er die ganze Tüte auf einmal geschluckt. Ich legte ihm noch einmal mitfühlend die Hand auf die Schulter, die er sofort abschüttelte.

«Du musst mich nicht bedauern. Ich hab das alles freiwillig gemacht.»

«Ebendeshalb bedauere ich dich ja.»

Heuser verschluckte das Fisherman's und hustete. «Jetzt kannst du mal klopfen, du Nasenpappe. Ich ersticke noch an diesen Scheißbonbons.»

«Mein Sohn, die Rettung ist nah. Morgen holen wir deine Sachen aus der Bude. Wenn du da erst mal raus bist, kannst du viel mehr für diese Körnerfressertruppe tun, indem du mir hilfst, den Entführer zu finden.»

Heuser hustete immer noch. Tränen traten ihm aus den Augen, ich reichte ihm ein Tempo.

«Heul ruhig. Ich versteh dich! War bestimmt nicht umsonst, Alter. Autonomes Training kannst du zu Hause weitermachen, selbst atmen und nachts leuchten und so ...»

«Autogenes Training, du Ignorant.» Er wirkte erleichtert, wollte es allerdings nicht zugeben.

«Sag mal ehrlich, Heuser, fühlen die Kids sich wohl ohne McDonald's, Cola und Bifi?»

«Von wegen. Die büxen aus, sooft es geht. Lisa beschimpft ihre Mutter dauernd. Sie gibt einfach die Hänseleien aus der Schule an sie weiter. Wer glaubt auch an politisch korrekte Zehnjährige, die nur Pflanzen fressen und stilles Wasser saufen? Die Kids sind die eigentlichen Anarchisten. Die bescheuerten Eltern verlangen von ihnen viel zu früh, dass sie sich wie Erwachsene verhalten. Lisa ist klasse.»

«Meinst du, Lisa ist abgehauen und hat den Erpresserbrief selbst geklebt?» Ich drehte die Scheibe runter. Es roch nach Mischwald.

«Wäre möglich. Hätte eher zu ihrem Vater gepasst, aber … wie gesagt. Vielleicht ist sie durchgedreht, weil ihre Mutter den zum Tabu erklärt. Lisa hat ihren Vater geliebt. Sie will auch Musikerin werden. Wenn du 'ne Mutter wie Kati hast, wirst du Rock 'n' Roller und weißt das schon mit zehn. Oder Terroristin.»

Wir passierten einen Landgasthof. *Rost brennt,* sagte ein großes Schild, und Heuser zog die wurstgeschwängerte Luft voller Vorfreude durch die Nase.

«Während du mit Isolde Kaffeekränzchen hältst, pfeif ich mir erst mal 'n paar Würste rein.»

Zwecklos, ihn zu bitten, bei dem Gespräch dabei zu sein. Vielleicht war es sogar besser so. Sein Charme ließ zu wünschen übrig, wenn er hungrig war.

Isolde Vetter wohnte in der Thomas-Müntzer-Straße in einer großbürgerlichen und edel sanierten Stadtvilla. Parterre mit Garten. Im Hausflur roch es nach Putzmitteln, willkommen im Sterilisator. Ich klingelte. Nichts rührte sich. Ich hätte anrufen sollen, dachte ich. Aber dann hätte sie Zeit gehabt, die kleine Lisa im Keller zu verstecken oder in der Speisekammer. Als Lehrerin standen ihr bestimmt einige Folterwerkzeuge zur Verfügung. Ich klingelte erneut.

«Was gibt's?», herrschte mich eine Stimme an.

Ich versuchte es auf die devote Art. Herrenmenschen lieben das.

«Mein Name ist Hank Meyer. Ich bin auf der Suche nach Ihrer entführten Enkeltochter und würde Ihnen gerne ein paar Fragen stellen. Wenn Sie vielleicht öffnen könnten?»

«Mir geht es nicht gut. Versuchen Sie's morgen wieder!»

«Ich bin extra aus Halle gekommen. Ich verspreche, es kurz zu machen. Sie können mir doch nicht erzählen, dass Sie das Schicksal Ihrer Enkeltochter nicht interessiert.»

Ein Schlüssel drehte sich zweimal im Schloss. Vor mir erschien eine Walküre mit einem Eisbeutel auf der Stirn. Sie trug ein dunkelblaues Kleid, hatte das graue Haar zu einem Knoten zusammengesteckt und bedeutete mir mit einer Handbewegung einzutreten. Ich folgte ihr über einen langen Flur. Überall hingen Urkunden, und auf allen stand der Name Isolde Vetter. Die meisten schienen aus DDR-Zeiten zu stammen. Isolde war so ziemlich jedes Jahr zur Vorbildlichen Sozialistischen Lehrerpersönlichkeit geschlagen worden. Ansonsten gab es eine Garderobe, an der eine Jacke und ein Mantel hingen, und ein Schuhregal mit genau drei Paar Schuhen. Die meisten Männer, die ich kannte, hatten mehr. Isolde Vetter wies mir einen Sessel zu.

«Wie, sagten Sie noch, ist Ihr Name? Hans Meyser?»

«Hank Meyer.»

«Das ist doch kein Name. Hank. Sind Sie ein Kuhbube? Spielen Sie auch in einer von diesen Remmidemmibands, die unseren Jugendlichen das Leben kaputt machen?»

«Ich hasse Rock 'n' Roll, wenn ich ganz offen sein darf.»

Isolde Vetter sah mich schräg an. «Sie lügen. Ich erkenne euch auf zehn Kilometer. Ich rieche euch förmlich. Und Sie sind auch so ein asoziales Element, Meyser!»

«Ich bin eigentlich eher Jazzfan. Sie wissen schon ...»

«So wie dieser Helge Schneider. Der ist doch eine Beleidigung für die deutsche Kultur.»

Daher wehte der Wind. *Too sexy for the Führerbunker*, würde Jochen Distelmeyer sagen.

«Frau Vetter, eigentlich bin ich nicht zum kulturellen Austausch hier, sondern wegen Ihrer Enkeltochter Lisa.»

Feldmarschall Vetter unterbrach mich unwirsch. «Mein Sohn war auch so ein Verlierer. Das hat er von seinem Vater geerbt. Und die Frau, mit der er mein Enkelkind gezeugt hat, die dürfte überhaupt keine Kinder kriegen.»

«Leider sind die Zeiten von Lebensborn vorbei.» Ich versuchte, so viel wie möglich von ihrer Wohnung wahrzunehmen und ihr dabei trotzdem in die Augen zu sehen.

«Meyser, Sie wissen gar nichts. Ich muss mich täglich mit diesen Kreaturen herumärgern. Heute wird doch alles auf die Lehrer geschoben.»

Die Frau hatte ihren Beruf nicht verfehlt. Sie hasste Kinder aus ganzem Herzen.

«Meyer.»

«Über welchen wollen Sie was wissen? Ich habe fünf, einer schlimmer als der andere. Kevin Meyer, Otis Meyer ...»

«Ich meinte, ich heiße Meyer. Nicht Meyser.»

«Sie heißen so, wie ich Sie nenne. Und nun sagen Sie endlich, was Sie wissen wollen. Ich habe Migräne.»

«Wann haben Sie Lisa das letzte Mal gesehen?»

Isolde Vetter räusperte sich. «Ist schon ein paar Wochen her. Wissen Sie, ich kämpfe dafür, dass Lisas Mutter das Sorgerecht aberkannt wird.»

«Und wo soll Lisa dann groß werden, bei Ihnen?»

«Im Heim. Wo die Göre hingehört.»

Diese Frau war das Böse in Person. «Ich sehe schon, bei Ihnen wird Familie noch großgeschrieben.»

«Mein Sohn wäre noch am Leben, wenn er nicht Kati kennengelernt hätte. Sie hatte einen schlechten Einfluss auf ihn. Er war leider sehr labil.»

Das Wort hatte ich auch lange nicht gehört. Labil. Wir

sagten heute «moralisch flexibel» dazu. Obwohl es mindestens fünfundzwanzig Grad im Schatten waren, fröstelte mich. Ich saß einem künstlichen Wesen gegenüber, zusammengebaut aus dem Besten von Medusa und Pandora. Jetzt Perseus sein und davonfliegen, dachte ich. Ihr Sohn hatte es richtig gemacht. Eduard Vetter musste Wut für zwanzig Alben im Bauch gehabt haben. Schade, dass wir die nicht mehr zu hören kriegen würden.

«Erzählen Sie mir ein wenig über Eduard. Was war er für ein Mensch. Was liebte und was hasste er?»

«Mich.»

Ich schenkte mir ein Glas Wasser aus der Karaffe auf dem Tisch ein. «Bitte?»

Isolde Vetter drückte sich die Zeigefinger in die Augenhöhlen. Wohl gegen den stechenden Schmerz. «Sie haben richtig gehört. Er hasste mich. Und er liebte seinen Vater. Viel kann ich Ihnen nicht sagen. Mit vierzehn ist er zu seinem Vater gezogen, nach der Scheidung. Der hat ihm das mit diesen Beatcombos erlaubt, ihm alles durchgehen lassen. Sagen wir es mal so: Sein Vater hat ihn auf dem Gewissen.»

Vornehmer konnte man das nicht formulieren.

«Wo steckt Ihr Ex-Mann, wohnt er noch in Erfurt?»

«Er ist tot. Mit dem Auto gegen den Baum. Wahrscheinlich betrunken. Der Fall wurde nie abgeschlossen. Angeblich hat jemand an seinem Auto die Bremsen manipuliert.» Isolde Vetter sah dämonisch aus. Meine Körpertemperatur sank nochmal um mindestens zwei Grad.

«Wissen Sie, ob Eduard Feinde hatte?» Ich merkte schon, dass ich hier nicht weiterkam.

«Er war zu schwach dafür.»

«Wofür?»

«Zum Feindehaben. Nun stellen Sie sich nicht begriffsstutziger, als Sie sind, Meyser. Er war harmoniesüchtig. Ich habe Feinde, und ich bin stolz darauf! Leute wie er wollen geliebt werden. Das ist ihr Fehler. Und ihr Untergang.»

«Wollen Sie denn nicht geliebt werden?»

Die Frage war mir so rausgerutscht. Doch Isolde zögerte keine Sekunde.

«Es geht nicht um Liebe im Leben. Es geht um Disziplin. Und um Ehrgefühl.» Sie griff sich erneut an die Augen, vermutlich hatte ein Migräneblitz auf das Wort «Disziplin» reagiert. Sie lehnte sich jetzt ganz auf das Sofa zurück und rückte den Eisbeutel zurecht. Ich beschloss, das Feld der Ehre zu räumen.

«Letzte Frage: Können Sie sich vorstellen, dass Ihre Enkelin Lisa einfach abgehauen ist und den Entführungsbrief selbst gebastelt hat?»

«Welche Rolle spielt denn, was ich mir vorstellen kann? Finden Sie meine Enkeltochter, ich kümmere mich dann um alles Weitere. Und jetzt entschuldigen Sie mich, Meyser.»

Beim Gehen fiel mein Blick auf ein Bücherregal, in dem sich auch eine beträchtliche Anzahl gelber Reclam-Hefte befand. Das Wichtigste hatte ich mal wieder fast vergessen.

«Gestatten Sie mir noch eine Frage, Frau Vetter?»

Sie machte eine großzügige Handbewegung.

«Sie unterrichten doch Deutsch und Englisch.» Die nächste Frage hatte ich mir besonders clever zurechtgelegt. «Gehört denn Miltons *Paradise Lost* noch zum Lehrstoff?»

«Hat es nie. Bis heute tobt ein Streit über die Kanonisierung des Werks. Man kann sich nicht einigen. Aber die Schüler würden es ohnehin nicht verstehen. Mich wundert, dass jemand wie Sie Milton kennt.»

Ich konnte mir gut vorstellen, was sie meinte: jemand wie

Sie. «Ich kenne ihn gar nicht so gut. Bin beim Pferdewetten draufgekommen. Da heißt ein Gaul Milton. Ich dachte, nach den Teebeuteln.»

Isolde Vetter erhob sich ächzend und zeigte auf die Tür.

«*Vermuten*, Meyer, Sie *vermuteten*, nach den Teebeuteln. Sie denken doch nicht.»

Ich fand alleine raus, wie man so schön sagt. Und beim Rausfinden fand ich auch gleich noch einen Stapel schmaler Broschüren. Sie trugen die Aufschrift: *Die Rückgewinnung des Paradieses durch das Verbot von Rockmusik*. Ich griff mir eines der offenbar im Eigenverlag gedruckten Hefte und freute mich auf die gemütliche Lektüre daheim.

Heuser lag mit Sonnenbrille und aufgeknöpftem Hosenbund auf der Haube seines Opels und döste grinsend. Ich diagnostizierte eine Überdosis Bratwürste. Auf der Rückfahrt ging es um ein einziges Thema: Wurst. Bis Heusers Handy klingelte und er besorgt «Kati!» rief. Im selben Moment ratterte auch mein Mobilkommunikator. Ich vermutete wie immer eine Verschwörung.

Klepzig hatte mal wieder Ärger. Dieses Mal wegen mir.

19. «Schieß los!» Ich war ein wenig unkonzentriert, weil ich gleichzeitig versuchte, Heusers Gespräch mit Kati zu verfolgen.

«Hösendorfer macht Alarm. Wegen unserer Zusammenarbeit. Er meint, normalerweise arbeiten Kommissar und Privatschnüffler gegen- und nicht miteinander.»

«Sag ihm, das ist ein Klischee. Er sieht zu viele Krimis. Wir gehen neue Wege im Osten. Die Nutten arbeiten mit der Sitte, und die Dealer kooperieren mit der Drogenfahndung. Alle machen irgendwie gemeinsame Sache, nur wir sollen das nicht?»

Heuser gab mir ein Zeichen, meine kleine Philosophie der modernen Arbeitsteilung zu unterbrechen, er habe was zu erzählen.

«Klepzig, ist grad schlecht. Wir sehen uns doch heute Abend ...» Ich wusste, was kommen würde.

«Sag sofort Bescheid, wenn es Neuigkeiten gibt!»

«Hat Hösendorfer verboten.» Funkstille.

Es war völlig normal, dass ein Hauptkommissar seine Quellen hatte. Und umgekehrt genauso. Außerdem waren wir Freunde. Hösendorfer hasste den Kommissar, und er hasste dessen Quelle, das war alles, dafür liebte er Carolin Reiber. Die Welt war in der Balance, und Kati hatte eine DVD erhalten mit einer Botschaft ihrer Tochter. Heuser gab Gas.

Warum eine DVD, fragte ich mich? Reichte der gute alte Erpresserbrief nicht aus oder der Anruf mit verstellter Stimme? Vielleicht wollte der Entführer ja gleich noch seine Umschulung zum Medienassistenten unter Beweis stellen oder was der Laden, der mal Arbeitsamt hieß, heute so alles anbot. Egal, Hauptsache, wir wussten, dass Lisa am Leben ist. Was die Entführer sonst als Selbstverwirklichung durchzogen, war nebensächlich. Mal sehen, was sie wollten. Viel zu holen war bei Kati Wesenberg doch nicht.

Und für mich? Ich war in der ganzen Aufregung heute Morgen gar nicht dazu gekommen, sie zu Eduard Vetter zu befragen. In ihrer Verfassung wollte ich ihr das auch kaum zumuten.

Wenn aber die Entführung mit dem Mord an Vetter in Beziehung stand, was war dann die Rolle von Isolde, der selbsternannten Hüterin des Heiligen Grals? Gralshüter sind immer die Schlimmsten, dachte ich. Verkünden die reine Lehre, wissen, was sein darf und was nicht. Erfinden noch für den letzten Winkel Gesetze und Verordnungen, entscheiden, wer gut ist und wer schlecht, und sind unfehlbar. Die Welt war voll davon, und wer nicht zu ihnen gehörte, wurde von ihnen gejagt. Arme Kati. Arme Kati? Ja, bei genau dem Gedanken hatte ich mich eben ertappt.

Was für ein trauriger Sommer. Musiker wurden ermordet, obwohl wahrscheinlich jedem braven Bürger auf Anhieb eine ganze Liste von Figuren einfiele, die eher dran wären. Die Zeit stand so still wie die Luft in den Städten. Und unsere kleine Männerschweigegruppe war gefährdet vom Erwachsenwerden.

Mir war klar, dass Heuser stellvertretend für uns alle einen neuen Weg suchte. Raus aus der selbstbezogenen Junggesellennummer. Selbst Klepzig hatte vor einiger Zeit begonnen, Kontaktanzeigen aufzugeben. Ich musste an ein Lied von Ludwig Hirsch denken, wo Außerirdische auf die Erde kommen und als Gastgeschenke Pillen gegen die Traurigkeit mitbringen. Leider kommen sie nach dem dritten Weltkrieg, viel ist nicht übrig. Sie finden nur einen alten Filmprojektor, sehen einen Film mit Donald Duck, Kater Carlo und Goofy und denken, wie lustig sie doch waren, diese Menschen.

Meine Gedanken verirrten sich irgendwo zwischen Vergangenheit und Gegenwart. Heuser war ganz auf die Fahrbahn konzentriert. Ich nickte ein.

Kurz vor Halle weckte mich Heuser. Wir besorgten uns an der Tankstelle zwei Becher Kaffee, die überraschend genießbar waren, und fuhren direkt in die Triftstraße. Klepzig würde ich später in die Entführung einweihen, inoffiziell natürlich. Offiziell blieb die Polizei aus dem Spiel, und das war gut so. Ich erinnerte mich an ein paar Fälle der jüngsten Geschichte, bei denen die Forderungen der Entführer etwas lax befolgt worden waren. Zum Nachteil der Geiseln. Aber in diesen Zeiten hatte man als Geisel ohnehin keine guten Karten. Was war eigentlich aus dem Gesetz geworden, das es erlauben sollte, entführte Flugzeuge direkt vom Himmel zu holen? Um die Entführer angemessen zu bestrafen – und die Geiseln natürlich gleich mit. Was waren die auch so blöd, sich in ein Flugzeug zu setzen, das jederzeit entführt werden konnte.

Kati empfing uns relativ gefasst. Sie vertraut uns, ging es mir durch den Kopf. Die DVD hatte im Briefkasten gelegen und war ihr nicht sofort aufgefallen. Sie bestellte regelmäßig bei Amazon Bücher, CDs und DVDs, mindestens zweimal die Woche bekam sie ein größeres Päckchen.

Kati verdunkelte das Zimmer und legte die silberne Scheibe ein. Relativ verwackelt und schlecht ausgeleuchtet sahen wir zunächst die bildende Zeitung von heute mit der Schlagzeile: *Immer mehr Hitzeopfer in Halle*. Darunter das Foto einer Frau, deren übergroße Silikonkissen aufgrund der Hitze explodiert waren. Man hatte vermutlich viel Spaß gehabt in der Redaktion. Dann Kameraschwenk in eine noch dunklere Ecke. Im Vordergrund sitzt Lisa auf einem klapprigen Stuhl in einem kellerartigen Raum. Sagt, dass es ihr gutgehe und ihre Mutter sich nicht sorgen müsse. Sieht nicht verängstigt aus. Nicht mal besonders eingeschüchtert. Fast so, als kenne sie ihre Entführer. Vielleicht zieht sie wieder eine Lara-Croft-Nummer durch, dachte ich. Dann wird ein handgeschriebenes A4-Blatt ins Bild gehalten. Druckbuchstaben: *Keine Polizei! Forderungen und Anweisungen folgen.*

Der Film ließ uns ratlos zurück. Kati hatte keine Erklärung dafür, was die Täter von ihr wollen könnten. Um Geld konnte es nicht gehen, sie lebte von der Hand in den Mund. Vielleicht sollte ich die Kassette Klepzig geben, damit der sie im Labor auf Fingerabdrücke untersuchen ließ. Aber das kam mir altmodisch vor. Und solange wir nicht wussten, was die Entführer im Schilde führten, auch relativ sinnlos. Ich fragte mich nur, warum sich jemand die Arbeit mit der DVD machte, dann aber keine Forderungen stellte. Hatte der Täter Angst, an der Stimme erkannt zu werden? Weil er aus Kati Wesenbergs Familien- oder Bekanntenkreis stammte? Blieb doch immer noch der in die Kamera gehaltene Zettel. Der Medienassistent, der für die Umsetzung verantwortlich war, würde wohl noch ein paar Fortbildungen absolvieren müssen.

«Was schlagt ihr vor?» Das war Kati.

Heuser schaute ratlos. «Nichts. Abwarten. Solange die Entführer keine Forderungen stellen, können wir nichts tun.»

Ich zuckte mit den Schultern. «Selbst wenn der Fall direkt mit den Morden in Verbindung steht, brauchen wir irgendwelche Anhaltspunkte, irgendein Verbindungsstück.»

«Was schlagt *ihr* vor?» Heuser schaute zwischen Kati und mir hin und her. Ich wusste nicht, warum ich etwas vorschlagen sollte. Mein Fall war allein die Ermordung Hagen Hohlbeins. Er war in meinem Lieblingsclub gemeuchelt worden, und die Jungs aus seiner Band leisteten sich zusammen mit dem *Objekt 5* einen Privatdetektiv. Da der Mord an Eduard Vetter anscheinend etwas mit dem an Hohlbein zu tun hatte, war die Figur Vetter für meinen Fall interessant und damit auch die Entführung. Wo es zu Überschneidungen kam, war ich bereit zur Kooperation. Ich sah aber keine Verpflichtung, mich hier zum Spielleiter aufzuschwingen. Es sei denn, Kati gab mir einen Auftrag. Ich hatte eine Sendung vorzubereiten, ich musste meine Miete verdienen. Das waren nun mal die Fakten.

Kati schien meine Gedanken zu lesen. «Wir können von Meyer unmöglich verlangen, dass er mir aus Spaß hilft. Ich verstehe das schon. Ich würde Sie furchtbar gern engagieren, aber ich weiß im Moment nicht, wie ich das bezahlen soll.»

Dafür, dass ihre Tochter entführt worden war, wirkte Kati enorm ruhig. Sie hatte in ihrem Leben immer alles organisieren müssen. In ihrer Ehe mit einem Rockmusiker, als Schwiegertochter einer verrückten Schuldirektorin, in der WG mit den alleinerziehenden Müttern und den Schnuppervätern. Vielleicht war sie so abgebrüht, vielleicht rief die schwierige Situation diese analytische Nüchternheit bei ihr hervor.

Ich sagte Heuser, er solle mich einfach anrufen, wenn es neue Zeichen gäbe oder die beiden meine Hilfe benötigten. Ich würde in der Zwischenzeit versuchen, ein halbwegs übersichtliches Gerüst der Fakten zusammenzusetzen. Und ich freute mich auf die Lektüre von Isolde Vetters *Rückgewinnung des Paradieses*. Da fände ich sicher zumindest ein paar schöne Zitate für meine Sendung.

Ich verabschiedete mich, kritzelte Kati meine Handynummer auf einen Zettel und beschloss, eine Runde mit dem Rad um die Peißnitzinsel zu drehen. Es hatte sich auf etwa dreiundzwanzig Grad abgekühlt, man konnte es also durchaus wagen, sich ein wenig zu bewegen. Für den frühen Abend stand ein konspiratives Gespräch mit Klepzig auf dem Plan. Ich wollte mich über die Entführung mit ihm beraten. Und mir in Ruhe anhören, was Hösendorfer sich diesmal hatte einfallen lassen, um den Hauptkommissar zu schikanieren.

20. Wir trafen uns in meiner Wohnung. Das *Hölderlin* war Klepzig zu offiziell, zumindest für das, was er mit mir besprechen wollte. Hösendorfer musste ihn ziemlich unter Druck gesetzt haben.

Außerdem hatte Klepzig ein paar Zuschriften auf seine Kontaktanzeige in der *Mitteldeutschen* bekommen, er bat mich um Hilfe bei der «Auswahl der Zielpersonen», wie er das nannte. Hoffentlich war was Vielversprechendes dabei in dem Stapel, den Klepzig auf meinen Küchentisch feuerte. Pillen gegen die Traurigkeit.

«Alles einsame Frauen. Vielleicht suchen wir für dich auch gleich eine?» Klepzig hatte eine von diesen modernen, in der Mitte durchgesägten Bierkisten mitgebracht. Mit Henkel dran. Für den kleinen Durst sozusagen.

«Lass mal. Die wollen 'nen Kriminalkommissar, keinen Privatschnüffler. Auf so was Morbides stehen nur Künstlerinnen, die daraus 'ne Geschichte machen können. Einen Film zum Beispiel über einen Mann, der pausenlos in Schwierigkeiten steckt und am Ende entweder daran zerbricht oder die große Liebe findet, was natürlich offenbleiben muss.»

«Nein, nein, Meyer. Die wollen Kämpfer. So was wie dich. Was zum Trösten und Getröstetwerden.» Klepzig klickte mein Bier an. Er sah fertig aus, wie immer, wenn Hösendorfer ihn zusammengefaltet hatte.

«Irgendwann bring ich die Ratte um.» Wir wussten beide, dass Klepzig eher sich selbst etwas antun würde als jemand anderem. Er brauchte dringend mal wieder ein Heavy-Metal-Konzert, was Lautes, Schmutziges, Aggressives.

«Was will der Arsch genau?»

«Mir verbieten, mit dir zusammenzuarbeiten. Meint, das ist illegal und gegen die Vorschriften.» Klepzig verdrehte die Augen.

«Was für Vorschriften? Wir sind Freunde und treffen uns privat zum Offiziersskat.»

«Hösendorfer faselt was von Geheimhaltung und so. Alles sehr dehnbar und auslegbar. Ich brauche unbedingt die beiden Briefe von dir, mit den Milton-Zitaten, du weißt schon.»

«Kein Problem. Kannst du mitnehmen. Labor?»

«Hösendorfer hat nur noch drei Buchstaben im Repertoire: DNA. Er würde am liebsten ganz Sachsen-Anhalt zur Speichelprobe jagen.»

Schaden konnte es nichts, wenn die Erpresserbriefe untersucht und DNA-Analysen aller Personen, die irgendwie mit den beiden Toten zu tun gehabt hatten, erstellt würden. Warum sollte man diese Möglichkeit ungenutzt lassen?

Das sagte ich Klepzig so nicht, ich wollte ihm nicht in den Rücken fallen. Hösendorfer konnte sich auf den Kopf stellen. Klepzig und ich waren Freunde. Nach dem anfänglichen Versuch, uns gegenseitig auszutricksen, hatten wir schon vor Jahren festgestellt, dass uns mehr verband als trennte, dass wir quasi auf der gleichen Seite der Balustrade standen. Wir hatten uns, anders als heute üblich, nicht angefreundet, weil wir uns Vorteile voneinander versprachen, sondern weil wir uns mochten.

«Gönn doch Hösendorfer auch seinen Spaß. Er kriegt

die Briefe, dann lässt er uns in Ruhe arbeiten, und falls er wirklich was rausfindet, umso besser.»

Ich erzählte ihm von der Entführung von Lisa Vetter. Klepzig machte sich Notizen, inoffiziell, wie sich versteht. Wie er es Hösendorfer erklären würde, sollte sich tatsächlich eine Verbindung zu den Mordfällen herstellen, wusste Klepzig auch nicht. Aber das konnte ihm später Kopfzerbrechen bereiten. Jetzt wollten wir uns erst mal um sein Privatleben kümmern. Die Lektüre der Epistel von Isolde Vetter verschob ich getrost auf einen anderen Tag.

So viele Zuschriften hatte ich nicht erwartet. «Was hast du eigentlich geschrieben in deiner Kontaktanzeige oder wie das genau heißt?»

Klepzig setzte sein wichtigstes Gesicht auf und präsentierte mir die Annonce: *Ruhiger, ausgegl. Beamter, Anfg. 40, sucht, da Mangel an Gelegenheit, Frau zw. 30 und 40 mit Spaß an den schönen Dingen des Lebens. Interessen: Musik, Sport, Wellness, Kino. Auch halbernst gemeinte Bildzuschriften werden beantwortet.*

Klepzig grinste.

«Na, da hast du ja eine ziemlich genaue Beschreibung von jemandem abgegeben, dem du gerade mal in Umrissen ähnelst. Was versprichst du dir davon?»

«Was hätte ich schreiben sollen? Heruntergekommener Polizist mit Alkoholproblem und Vorliebe für Heavy Metal sucht Frau, der Geduld und Langmut noch etwas bedeuten?»

«Du hättest es etwas vager formulieren können.»

«Schon das Wort Beamter lässt doch genug Interpretation zu.»

Das Wort Beamter, von Beruf konnte man ja kaum sprechen, schien genügend Sicherheit auszustrahlen, um so viele Frauen zu einer Antwort zu verführen. Alles in allem mussten es mindestens vierzig Zuschriften sein.

Ich schlug die Drei-Stapel-Variante vor. Die, die gleich rausfielen, die, die unter Umständen, die es noch zu formulieren galt, in Frage kämen, und die Spitzenkandidatinnen. Für die galt es jetzt als Erstes ein Profil zu erstellen, dann konnten wir mit dem Sortieren beginnen.

«Wie hast du dir deine zukünftige Ex-Frau denn so vorgestellt?» Ich rauchte die erste Zigarette des Tages, und sie wirkte so, wie ich mir harte Drogen vorstellte.

«Na, jünger als ich. Das ist schon mal klar, oder?»

«Klar. Außerdem vermögender, toleranter, und wenn schon vom Lande, dann eine reiche Witwe, die außerdem auch noch klasse aussieht.»

«Lass uns doch erst mal nachschauen, welche Sorte Frau überhaupt so geschrieben hat.» Klepzig klang nicht sonderlich selbstsicher. «Vielleicht gehen wir mit den Ansprüchen dann ja automatisch runter?»

Ich stand der Sache ohnehin skeptisch gegenüber. Diese Biete-Suche-Nummer, wie sollte man sich da verlieben? Und wie organisierte man die Treffen mit denen, die vielleicht in Frage kamen? Im Halbstundentakt in einem Café mit bunten Sofas? War das nicht wie beim Probieren von Parfüms in der Drogerie, wo man beim dritten schon nichts mehr riecht? Es gab ja jetzt auch solche modernen Schnelldating-Partys, auf denen man sich jeweils fünf Minuten mit einer Frau unterhält und in diesem Vorstellungsgespräch versucht, den Job als Geliebter zu bekommen. Wäre eine Internet-Chat-Partnerbörse da nicht besser? Da kann man sich mehr Zeit nehmen. Fragen, was das Gegenüber von *Made in Japan* von Deep Purple hält und von hochprozentigem Whiskey. Oder ähnlich wichtige Anhaltspunkte checken.

Die letzte Frau, die Klepzig kennengelernt hatte, hieß Shakira Schlittenbauer, kam aus Halle-Neustadt und hatte sich in der Stadt nach einem Couchtisch umgeschaut. Gut, dass Klepzig das Ganze nach zwei Treffen abgeblasen hatte.

Ich öffnete den ersten Brief. Der steckte gleich die Eckpfeiler dafür ab, was wir als No-go-Area bezeichneten. Eine *vitale Mittvierzigerin, jünger aussehend,* wünschte sich *einen Nichtraucher / Nichttrinker mit handwerklichen Fähigkeiten, sensibel und gebildet mit Interesse an allem Schönen, wie Haus, Garten, Auto, Wochenendhaus, der auch ihren Söhnen Kevin und Bruce …*

Klepzig setzte sein Wusste-ich's-doch-Gesicht auf. «Ich frage mich, warum die diesen Prototypen nicht mittlerweile im Baumarkt anbieten?»

Als ich gerade den zweiten Umschlag öffnen wollte, klingelte das Telefon. «Partnerschaftsanbahnungsinstitut Traum & Wirklichkeit, Sie sprechen mit Kai Pflaume, was kann ich für Sie tun?»

Kurzes Räuspern am anderen Ende. «Meyer? Kaltwasser hier. Ich hab was, das würde ich dir gern zeigen. Am liebsten sofort!»

«Worum geht's? Hast du einen neuen Untergrunddichter entdeckt?»

«Es geht um einen eher angestaubten Text, ich will nicht, dass da Blut rankommt. Er beginnt mit den Worten: *Des Menschen erste Widersetzlichkeit …*»

«Wo bist du? Zu Hause?» Ganz gegen meine Art kam ich bei dieser Frage gleich auf den Punkt.

«Wo sonst! Glaubst du, ich trau mich noch vor die Tür?»

«Ich bin sofort da. Mit Verstärkung.» Und zu Klepzig gewandt: «Kevin und Bruce müssen noch ein bisschen warten. Kaltwasser hat Post bekommen.»

21. Die Dinge überschlugen sich. Irgendwer kämpfte hier seinen ganz privaten Krieg, und er machte keine Gefangenen. Ein Kind war entführt und zwei Musiker waren ermordet worden. Beide hatten zuvor Drohbriefe erhalten und sie nicht ernst genommen. Jetzt gab es erneut einen Drohbrief, und der Empfänger nahm ihn ernst. Karlo Kaltwasser saß in der Küche seiner Wohnung am Reileck. Sein Mitbewohner Frank Tauber war mit der Bluesband unterwegs, die er an jenem Abend erwähnt hatte, als ich schon einmal die Gastfreundschaft der beiden genießen durfte.

Kaltwasser schien erleichtert, als wir zehn Minuten nach seinem Anruf in die Wohnung traten. Klepzig und er begrüßten sich mit irgendeinem Heavy-Händedruck.

«Schön, dass ihr gleich kommen konntet.» Kaltwasser stand der kalte Schweiß auf der Stirn. Er hatte sich einen Beruhigungsdrink gemixt und bot uns großzügig aus seinen reichhaltigen Vorräten an. Wodka und Orangensaft oder Wodka pur. Orangensaft pur gab es nicht, davon war zu wenig im Haus. Ich lehnte ab, Klepzig bat um ein Leitungswasser.

«Wann hast du die Drohung bekommen und wie?»

Kaltwasser nahm einen kräftigen Schluck und lachte paranoid. «Steckte im Briefkasten. Ich bin gerade von der Probe nach Hause gekommen, da fand ich den Umschlag.»

Während ich den Zettel untersuchte, führte Klepzig die Befragung weiter. «Probt ihr jetzt nachmittags, oder was?»

«Wir testen gerade ein paar neue Gitarristen. Die Show muss ja irgendwie weitergehen. Wir hatten 'ne Annonce in der *Mitteldeutschen* …»

Ich musste grinsen, Kaltwasser verstand natürlich nicht, warum. «Bringt das denn was mit 'ner Annonce?», fragte ich und erntete einen bösen Blick von Klepzig.

Kaltwasser nickte bestätigend. «Massig Bewerbungen. Unser Album ist schließlich in den Charts. Aber ihr könnt euch nicht vorstellen, wer da alles aufkreuzt. Ist so ähnlich wie in diesem *Commitments*-Film, wo die das Vorsingen veranstalten.» Ich erinnerte mich.

«Und habt ihr schon jemanden in die engere Wahl gezogen, jemanden, den ich kenne?» Klepzig ließ mal wieder den Frohe-Zukunft-Fan raushängen.

«Bisher Fehlanzeige. Nur Selbstdarsteller. Schweinerocker. Schornsteinfeger. Ich glaube nicht, dass es was bringt. Aber Krömpel macht Druck. Flegelmilch war heute den ganzen Tag dabei, und wenn wir durch sind mit der Bewerberliste, dann kommt Krömpel persönlich rüber für die Endauswahl. Er hat auch überregional im *Musikmarkt* und in der *Musikwoche* inseriert.»

«Wie wär's denn mit der *Geflügelbörse*? Da solltest du es vielleicht auch mal versuchen», wandte ich mich an Klepzig. Der zeigte mir seinen ausgestreckten Mittelfinger.

Kaltwasser runzelte die Stirn. «Ich weiß zwar nicht, welches Spiel ihr hier am Laufen habt, aber ich habe einen von diesen Briefen bekommen, die zwei Kollegen gar nicht gut bekommen sind. Ich hab Schiss, Jungs, was soll ich tun? Habt ihr überhaupt schon eine Spur?»

Klepzig schaute mich an. Was sollte ich Karlo sagen? Ihn anlügen? Ihm etwa mitteilen, dass er bislang einer meiner Hauptverdächtigen gewesen war? – Ihn in Sicherheit wiegen, das sollte ich. Dem Mann schlotterten die Knie, alle paar Minuten brach ihm der Angstschweiß aus, und wir waren so gut wie keinen Schritt weitergekommen. Klar gab es noch ein paar potenzielle Täter. Krömpel, diese schmierige Leberwurst, oder Isolde Vetter, aber genauso gut konnte es irgendein Psychopath sein oder ein geistesgestörter Fan wie bei John Lennon. Ich beschloss, einen Trick anzuwenden: Ablenkung mit dem Leid anderer. «Lisa Vetter ist heute Morgen entführt worden.»

Kaltwasser riss die Augen auf, als sei ihm eine Gehwegplatte auf den Fuß gefallen. Er wies Klepzig mit der Hand den zweiten Küchenstuhl zu und schenkte drei große Wodka ein, obwohl wir eigentlich abgelehnt hatten. Egal, wenigstens mit Trinkbeistand konnten wir dem Mann jetzt helfen. Kaltwasser wischte sich die Stirn mit einem Handtuch. Ich nahm wie gewohnt auf dem Rand der Badewanne Platz.

«Was wollen die Entführer?»

«Das ist das nächste Problem.» Ich drehte den Ghettoblaster leiser. «Sie haben noch keine Forderungen gestellt.»

«Geld ist bei Kati nicht zu holen. Höchstens bei ihrer Mutter. Aber mit der hat sie seit ihrem Auszug von zu Hause kein Wort mehr gewechselt.»

Schöne Familie, dachte ich. Als würde es nicht genügen, dass die Schwiegermutter eine Furie ist. Daran, dass Kati ja auch Eltern haben könnte, hatten wir gar nicht gedacht. Und dass die auch in irgendeinem Verhältnis zu Eduard Vetter und Enkelin Lisa standen. Ich wusste, ohne dass ich ihn ansah, dass Klepzig dasselbe durch den Kopf ging. Verdammt.

«Erzähl mal, was du über Katis Mutter weißt, Karlo. Warum sie sich zerstritten haben, na, alles, was du weißt, eben.»

Karlo schenkte sich nach. «Lange Geschichte, das. Und lange her. Mal sehen, ob ich das halbwegs stringent zusammenbringe. Unterbrecht mich einfach, wenn ihr was nicht versteht oder genauer wissen wollt. Okay?»

Wir nickten.

In der nächsten halben Stunde erfuhren wir eine weitere Gruselgeschichte aus der Vergangenheit. Katis Mutter Waltraut «Walli» Wesenberg hatte die Tochter alleine aufgezogen. Kati war ein verhaltensauffälliges Kind, hyperaktiv, sehr schwierig. Wahrscheinlich zu intelligent und in der Schule einfach unterfordert. Katis Vater war früh gestorben, ihre Mutter hatte aber keine Lust auf ein trauriges Leben gehabt. Walli Wesenberg war so etwas wie die Szenemutter in Erfurt geworden. Immer jüngere Liebhaber, immer hoch die Tassen. Beruflich schlitterte sie von einem Misserfolg zum nächsten. Setzte eine Immobilienfirma in den Sand, leistete Offenbarungseid, verlor den Führerschein wegen Alkohols am Steuer, fand dann keinen neuen Job, aber hatte immer reichlich jüngere Liebhaber. Oft Künstler, Typen aus der Szene, Leute, die auch kein konventionelles Leben führten. Der Letzte war Musiker gewesen. Der hatte noch weniger im Geldbeutel als Walli Wesenberg, aber zum Feiern reichte es immer, und Walli bot ihm Wärme und ein Zuhause. Walli lernte ihn kennen, als Kati dreizehn war. Schwieriges Alter. Teenager im Aufstand. Jugendamt, Vorstrafen, das volle Programm. Als Kati achtzehn war, zog sie aus. Den jugendlichen Liebhaber ihrer Mutter nahm sie mit. Sein Name: Eduard Vetter.

«Alter Schwede!» Jetzt füllte ich die drei Gläser nach. «Und seitdem haben Mutter und Tochter nicht unbedingt das beste Verhältnis, vermute ich mal?»

Kaltwasser machte eine hektische Handbewegung, so als würde der zweite Teil der Geschichte den ersten noch bei weitem übertreffen. «Walli hat versucht, sich das Leben zu nehmen. Konnte aber gerettet werden. Dann, kurz nach der Wende, hat sie einen reichen Immobilienheinz aus dem Westen kennengelernt und nochmal geheiratet. Der Typ war zur Abwechslung 'ne ganze Ecke älter, aber so ein Draufgänger. Der hat Walli dann richtig viel Kohle hinterlassen.»

«Wie ist der Draufgänger draufgegangen?»

«Ist beim Drachenfliegen abgestürzt.»

«Unterdrückte Todessehnsucht», mischte sich Klepzig zum ersten Mal ein.

«Du meinst wie das Hören von Heavy Metal?»

Klepzig grinste, Kaltwasser vollendete seine Geschichte. «Auf jeden Fall wohnt Walli Wesenberg heute bei Jena in so einem Jagdschloss, gibt große Gesellschaften, man spricht von Orgien. Na, sie lässt so richtig die Sau raus. Underground, ihr wisst schon, unser Pianist, hat vor Jahren mal mit seiner Beerdigungsband da gespielt, zu einem der Gelage. Der kann euch sicher noch mehr erzählen.»

Die Details der Orgien konnten wir uns auch für langweilige Winterabende aufheben. Ich hatte ganz andere Fragen an Kaltwasser.

«Hat Kati denn wieder Kontakt zu ihrer Mutter? Und kümmert sich Walli um ihr Enkelkind, das ja schließlich das Kind ihres Ex-Lovers ist?»

«Nada. Nix. Soviel ich weiß, hat Walli ihrer Tochter nie verziehen und Eduard auch nicht. Die beiden haben damals nicht mit offenen Karten gespielt. Haben ein ziemliches Affentheater veranstaltet. Alle wussten, warum Eduard bei Walli ausgezogen ist, nur Walli hat erst ein gutes Jahr später die Wahrheit erfahren. Weißt du, Meyer, der Frau war nichts Menschliches fremd, Kati und Eduard hätten es ihr nur sagen müssen.»

Ich kritzelte ein wenig in meinem Notizbuch herum, bevor ich nachfasste. «Meinst du, Lisas Entführer könnten es auf das Geld von Walli abgesehen haben? Und könnte Walli hinter der Ermordung von Eduard Vetter stecken?

Wenn sie nie ihren Frieden mit Kati gemacht hat, könnte das doch bedeuten, dass sie den Verlust ihres Lovers nie wirklich überwunden hat?»

Kaltwasser nickte. «Aber wenn die Entführer auf Walli Wesenbergs Geld scharf sind, dann kommen sie nicht aus dem Bandumfeld oder aus der Szene, da weiß jeder, dass Kati und Walli keinen Kontakt haben ...»

Jetzt hängte Klepzig sich rein. «Aber das ist doch völlig egal. So ein Fall kann doch Familien zusammenführen. Auch wenn Walli keine Beziehung zu ihrer Enkeltochter hat, in dem Moment, wo die entführt wird, rückt sie Geld raus, würde doch jeder tun.»

«Du meinst, hinter der Entführung steckt der Psychiater von Walli Wesenberg, der jetzt den letzten Schritt für Walli inszeniert: das Vergeben?»

«Quatsch, Meyer, das meine ich natürlich nicht, das wäre Hollywood. Aber ich glaube, der Entführer weiß, dass Katis Mutter reich ist, und er rechnet damit, dass sie in so 'nem Fall die alte Fehde vergisst. Zumindest, bis Lisa wieder frei ist. Walli Wesenberg wird auch älter, denkst du nicht, dass sie irgendwann mal ihren Frieden machen will?»

Denken tat ich eine ganze Menge, aber hier vermutete ich, dass Klepzig recht hatte. Von Isolde Vetter lernen hieß siegen lernen.

Karlo Kaltwasser kochte Kaffee. Offenbar hatte er beschlossen, sich heute Nacht nicht abzuschießen. Richtig, über die Vergangenheit hatten wir die Gegenwart völlig vergessen. Ich zog Kopien von den Erpresserbriefen der beiden anderen Leichen aus meiner Tasche, und Karlo zeigte mir seinen.

Der Text aus Miltons *Paradise Lost* war identisch, die Schrifttype auch. Einzig die beiden englischen Verse am

Ende variierten wie erwartet. Sie waren leicht zuzuordnen. Curtis Mayfield, diesmal allerdings sein größter Hit und daraus der erste Refrain: *So move on up / toward your destination / but you may find / from time to time / complication!*

Komplikationen. Als hätten wir davon nicht schon genug. Und wir hatten nicht einmal unseren Kaffee ausgetrunken, als noch welche dazukamen.

22. Kaltwasser schrie auf und griff sich mit beiden Händen unter den Gürtel, so als habe ihn ein Geschoss, abgefeuert aus einer schallgedämpften Waffe, genau ins Skrotum getroffen. «Scheiße, Meyer, willst du mir noch den letzten Spaß nehmen?»

Ich hatte, als das Handy die typischen Knurrgeräusche machte, bevor es zu klingeln anfing, hektisch in meine Hosentasche gegriffen und dabei meine Tasse umgestoßen. Der Kaffee war direkt in Karlos Leistengegend gelandet.

Um diese Tageszeit konnten es nur drei Menschen sein, die mich anriefen. Und da Gisela heute Abend auf Sendung war, blieb nur Heuser übrig, denn Klepzig saß neben mir.

«Schieß los!»

«Fünfhunderttausend.»

«Wie bitte?

«Die Entführer haben sich gemeldet. Sie wollen fünfhunderttausend Euro. Und sie haben gleich vorgeschlagen, wer Kati das Geld geben könnte.» Heuser tat geheimnisvoll.

«Walli Wesenberg», überraschte ich ihn. Schweigen am anderen Ende der Leitung. «Nein, keine Angst, Heuser, wir stecken nicht selbst hinter der Entführung, Klepzig und ich sitzen hier nur gerade bei Karlo Kaltwasser und spielen Skat, und da erzählt man sich so einiges.»

Wieder keine Antwort. Das hatte gesessen. Heuser würde denken, wir hätten uns schnell einen neuen Mitspieler gesucht, und sich ärgern.

«Na, ihr seid schöne Freunde, habt euch ja schnell 'nen neuen Mann gesucht ...»

Klepzig drückte Karlo Kaltwasser jetzt einen gewaltigen Eisbeutel zwischen die Beine.

«Keine Angst, Karlo ist nur Interimsspieler, vielleicht lebt er auch nicht mehr lange. Er hat nämlich eine Morddrohung im Milton'schen Stil bekommen, wir dachten schon, du steckst dahinter, wegen der Skatrunde.»

Karlo hatte das mitgehört. Dann fuhr er Klepzig an, der solle endlich mit dem Eisbeutel von seinen Eiern weggehen. Für Heuser musste sich das eigenartig anhören.

«Na, da bin ich ja beruhigt, ihr spielt Strip-Poker, keinen Skat. Was haltet ihr davon, wenn ihr euch alle wieder anzieht und herkommt, und wir beraten, wie wir Kati helfen?»

Schon wieder diese Kreide in der Stimme, wenn es um Kati ging.

«Warum kommst du nicht hierher? Karlo hat auch Angst, allein zu bleiben.»

Doch Heuser wollte die Stellung halten, falls die Entführer sich meldeten. Wir würden Karlo einfach in unseren kleinen Kriminalclub aufnehmen. Musiker haben oft gute Instinkte, die nicht von unnützem Verstand verstellt sind.

«Okay, ich bespreche das mit den Jungs. Wenn du nichts mehr von mir hörst, sind wir in 'ner Viertelstunde in der Triftstraße. Hat Kati schon Kontakt zu ihrer Mutter aufgenommen und sie um das Geld gebeten?»

Heuser suchte nach den richtigen Worten, um mir zu

sagen, dass hier das Problem liege, das er gern mit mir gemeinsam lösen würde. Ich kannte ihn einfach zu gut. Und freute mich, dass er wieder im Boot war. Zumindest stand er auf dem Steg mit einem Ruder in der Hand.

Karlo war sofort bereit. Alles erschien ihm besser, als allein in seiner Küche zu sitzen und sich zu fürchten. Klepzig war nicht besonders erfreut, konnte uns jetzt aber, wie er großzügig behauptete, nicht alleinlassen. Ich hatte sogar das Gefühl, die Geschichte machte ihm mehr Spaß als das Lesen der Antwortbriefe, die in meiner Küche auf ihn warteten. Das würde er natürlich nicht zugeben.

Zum Glück war es dunkel, als wir in Richtung Triftstraße marschierten. Wir hatten nämlich alle drei völlig beknackte Hawaii-Hemden an, so als hätten wir früh am Morgen alle die gleiche Anweisung bekommen. Klepzig war in die Nationalfarben so ziemlich aller Länder dieser Welt gehüllt, Karlo trug eine optische Beleidigung, die gelbe und blaue Gitarren auf flaschengrünem Grund zeigte, und ich hatte mich in ein schwarzes Gerät mit roten Papageien geworfen. Alle drei beteuerten wir, das letzte saubere Hemd aus dem Schrank gezogen zu haben. Trotz der fortgeschrittenen Dunkelheit wurden wir hin und wieder auf unser Outfit angesprochen. Direkt am Reileck rief uns eine Frau hinterher: «Eh, ihr seht ja aus wie The Jimi Hendrix Experience auf Hundefutter, ihr müsst wohl mal wieder richtig gestreichelt werden.»

«Wir kommen morgen, müssen jetzt erst mal zum Auftritt», entgegnete Karlo.

Es war sein Kiez, offenbar kannte er die Streichlerin. Klepzig und ich dagegen hatten noch nicht mal mitbekommen, dass es am Reileck jetzt auch einen Puff gab.

Heuser musterte uns, als er die Haustür aufschloss. «Ein

Kind ist entführt worden. Vielleicht werden wir von den Entführern beobachtet. Schön, dass ihr euch so unauffällig angezogen habt wie die Marx-Brothers.» Er schob uns in den Hausflur, wo es nach Katzenpisse roch. An der Decke wackelte eine einsame Glühbirne und warf dumpfes Licht auf die schlechtgestrichenen Wände. Im Winter musste es depressiv machen, hier zu wohnen. Aber bis dahin hoffte ich, Heuser hier rausgeholt zu haben. Obwohl die Zeichen nicht gut standen, zumindest wenn ich diese richtig deutete.

«Also, ich fass mal kurz zusammen. Vor einer guten Stunde kam ein Anruf von den Entführern. Bitte jetzt nicht sagen, dass man das Telefon hätte anzapfen können, um den Anruf zurückzuverfolgen. Weiß ich alles selbst, aber dann hätten wir die Bullen offiziell informieren müssen.»

Klepzig verzog keine Miene. Heuser fuhr fort.

«Die Stimme klang komisch, unnatürlich und sagte drei ganze Sätze: ‹Wir wollen fünfhunderttausend Euro. Besorgt euch das Geld von Walli Wesenberg. Wir melden uns in zwei Tagen wegen der Übergabe.›»

Heuser bot Eistee an. Wir griffen zu. Karlo zündete sich eine an, und Heuser bat ihn, auf den Balkon zu gehen, da dies eine Nichtraucher-WG sei. Klepzig stellte ein paar Fragen.

«Warum sprechen die Entführer mit dir?»

«Wahrscheinlich halten sie mich für den Erziehungsberechtigten.» Heuser schien geschmeichelt.

«Haben sie gesagt, wie es Lisa geht?»

«Nein.»

«Hat Kati den Anruf mitgehört? Ich meine, wegen der Stimme, manchmal erkennt man jemanden ja auch, wenn er die Stimme verstellt, am Tonfall, an der Satzmelodie und so. Wieso ist Kati eigentlich nicht selbst ans Telefon gegangen?»

«Sie war nicht zu Hause. Sie unterrichtet zwei Abende die Woche an der Volkshochschule. Ich hab sie sofort angerufen. Zwanzig Minuten später war sie hier.» Heuser wirkte total überdreht. Er bemerkte es selbst und versuchte, uns dafür verantwortlich zu machen. «Eure Hemden, Jungs, eure Hemden, ihr seht ja aus wie ...»

Klepzig unterbrach ihn. «Hast du schon gesagt, danke. Wo ist Kati jetzt?»

«Ich hab ihr ein Schlafmittel gegeben, damit sie sich ein bisschen hinlegt.» Heuser übernahm also auch die Rolle des Hausarztes in diesem Hort der Individualität.

Karlo hatte auf dem Balkon offenbar eine Kiste Bier entdeckt und war gleich dort sitzen geblieben. Er sang leise vor sich hin. Ich erkannte ein paar Fetzen aus *Kalt erwischt*. Singen macht Mut, so viel wusste ich und trat zu ihm raus.

«Was soll das eigentlich mit dem Mord in *Kalt erwischt*, Karlo? Weißt du, wenn ich die Nummer höre ...»

Ich hatte Karlo überrumpelt, aber der wurde kein bisschen nervös, so wie ich es erwartet hatte. Er zuckte lediglich mit den Schultern und setzte den traurigen Blick auf.

«Das war Anjas Idee damals. Ich soll doch mal richtig provozieren, hat sie gesagt, und ich fand die Idee nicht schlecht, zumal ja alles ziemlich kryptisch und ungenau bleibt.»

Ich schaute Karlo tief in die Augen.

Er setzte nach. «Vergiss nicht, dass ich selbst bedroht worden bin, Meyer.»

Ich war kurz davor, den Verdacht auf Karlo endgültig zu verwerfen. Vielleicht spielte der wirklich nur auf der Bühne den harten Mann.

«Jetzt sag aber bitte nicht, dass das Zitat aus *Paradise Lost* in dem Song auch von Anja kommt?»

«Was für ein Zitat? Was für ein Paradies, Meyer?»

«Mann, *Im Feuerherz der Hölle* und so. Karlo, muss ich dir dein eigenes Lied erklären?»

«*Im Feuerherz der Hölle* – ja, wie kommst du drauf? Das stammt wirklich von Anja. Allerdings aus ihrem Abschiedsbrief. Das hab ich dann übernommen, man nimmt halt, was man kriegt. Nicht gerade paradiesische Zeiten, an die du mich da erinnerst, Meyer.» Karlo beugte sich über sein Bier.

Ich war baff. Und im nächsten Augenblick peinlich berührt. Meine Textexegese hatte sich als lächerliches Missverständnis herausgestellt. Liebesbrieflyrik statt Milton. Ich war froh, dass ich das Karlo in diesem Moment nicht erklären musste, griff mir ein Bier und überlegte, wie wir weitermachen sollten.

Klepzig würde Hösendorfer mit den Drohbriefen an Hohlbein, Vetter und Kaltwasser beruhigen. DNA-Analyse, mal abwarten. Ich musste mehr herausfinden über Krömpel, über Flegelmilch, über Kati – und über Anja. Und was Karlo betraf, dem sollten wir vielleicht Polizeischutz besorgen. Aber so, wie ich ihn kannte, würde er da kaum mitmachen.

Klepzig verabschiedete sich gegen Mitternacht. Allein nach Hause schicken konnte ich Karlo unmöglich. Heuser bot an, dass er in Lisas Zimmer übernachten könne, und ich bliebe am besten auch gleich da. Ich lehnte dankend ab und versprach, morgen wieder reinzuschauen. Kaltwasser wirkte nach ein paar Bier nicht mehr so aufgelöst wie am frühen Abend. Ich übergab ihn in die Obhut des Hessen.

23. Am frühen Morgen schreckte ich zwei- oder dreimal hoch, im Hinterhof boten sich Stare und Elstern das übliche Frühgefecht um die Kirschen am Baum. Nach zwanzigminütiger Hackerei einigten sich die Vögel stets darauf, dass es für alle reichen würde. Und dann frühstückten links die Stare und rechts die Elstern. Jeden Morgen das Gleiche. Ich ging auf die Toilette. Es roch nach frischgemähtem Gras, das Fenster hatte ich weit geöffnet, irgendein Nachbar hörte Trygve Seim, einen norwegischen Trompeter, der einem die Welt als einen wunderbaren Ort erscheinen ließ. Der Typ, ich nannte ihn heimlich den Schließer des Jazzgefängnisses, spielte immer wieder dasselbe Stück. *Beginning an Ending.* Traurig, klar. Aber wunderschön. Ich fiel in den ersten tiefen Schlaf seit Tagen.

Gegen zehn kochte ich Tee und fing an, meine abendliche Sendung vorzubereiten. Auf vielfachen Hörerwunsch hatte ich mir eine neue Rubrik überlegt. Deren Name, *Ost Songs Found,* machte gleich klar, worum es ging. Songs aus dem Osten, aus dem reichhaltigen Angebot der Rockmusik eines Systems, das es nur noch in der verklärten Erinnerung von siebzehn Millionen Menschen gab. Ich fragte mich, was so viele heute noch an *Am Fenster* von City fanden. Andauernd bekam ich Hörerbriefe mit der Bitte um diesen Song. Mir war der Text zu kryptisch, und das Lalalalei klang zu sehr nach Kirmes. Aber die Menschen hier liebten das. Ich war auf der Suche nach einer guten Geschichte, mit der ich das Lied in der Sendung verkaufen konnte. Nicht allzu sentimental, aber doch der Stimmung des Songs angemessen. *Flieg ich durch die Welt,* sang ich leise vor mich hin.

Vor Jahren war ich mal mit Heuser auf einem City-

Konzert gewesen. Da waren wir gerade nach Halle gezogen und erkundeten die kulturellen Möglichkeiten. City hatten eines ihrer legendären Weihnachtskonzerte in der *Schorre* gegeben, wir waren auf der Flucht vor Weihnachten dort gelandet. Und jetzt war Heuser auf der Flucht vor der Zukunftsangst in einer Versuchs-WG gelandet und hatte sich, wenn mich nicht alles täuschte, in die Oberindianerin verliebt. Was, wenn Kati selbst hinter der Entführung steckte? Ein guter Vorwand, um sich Geld von ihrer reichen Mutter zu borgen. Im Rummel um die Ermordung ihres Ex-Gatten würde es vielleicht so wirken, als sei die Entführung an die Morde gekoppelt, und Heuser half ihr alleine durch seine Anwesenheit bei ihrem Alibi. Ziemlich ausgefuchst. Als der Anruf der Entführer kam, mit verstellter Stimme, war Kati immerhin nicht zu Hause gewesen. Und dass Kati es bis heute nicht geschafft hatte, sich mit ihrer Mutter zu versöhnen, sprach nicht unbedingt für ihren Charakter.

Konnte ich Heuser von meinem Verdacht erzählen? Würde er nicht ganz andere Motive dahinter vermuten? Ich sollte mit ihm allein sprechen. Vielleicht waren es ja auch kranke Gedanken, einer Mutter zuzutrauen, dass sie ihr eigenes Kind entführt.

Ich versuchte, mich auf die Vorbereitung von *Lost Songs Found* zu konzentrieren. Zwar hatte der Flüsterer mich mit dem halben Katalog an Ostbands eingedeckt, und ich hatte ein paar wahre Schätze entdeckt, aber so richtig kam ich nicht in Stimmung. Ich machte mir Sorgen um Karlo und bereute schon, dass ich ihn in der Obhut des liebeskranken Hessen gelassen hatte. Um sicherzugehen, dass alles in Ordnung war, wählte ich die Nummer der WG. Es klingelte endlos, dann sprang der Anrufbeantworter an. Im selben

Moment klingelte es an meiner Wohnungstür. Ich sagte nur «später» auf den Anrufbeantworter und eilte zur Tür.

Es war Karlo Kaltwasser, und er sah nicht gut aus. In der Hand hielt er einen kleinen Zettel, wie sie öfter aufgetaucht waren in letzter Zeit. Er schwitzte fürchterlich, die Gitarren des Hawaii-Hemdes, in dem er allem Anschein nach auch geschlafen hatte, klebten an seinem Körper. Ich schob ihn in die Wohnung, lief selbst die Treppe hinunter, inspizierte den Hof, ob ihm jemand gefolgt war oder es sonst etwas Auffälliges zu beobachten gab, und stieg wieder hinauf bis unter mein Dach.

Der klassische zweite Brief. Die üblichen Verse von Milton, die ich mittlerweile auswendig konnte, und danach eine Zeile von Curtis Mayfield, die mich ratlos zurückließ: *Just move on up / and keep on wishing / remember your dreams / are your only schemes / so keep on pushing.*

«Wo hast du die Drohung gefunden?» Ich bot Karlo Leitungswasser an. Er winkte ab.

«Im Briefkasten.» Karlo war nervös, ich schob ihm Zigaretten hin, obwohl ich es nicht mochte, wenn in meiner kleinen Wohnung geraucht wurde.

«Wieso bist du von Heuser weg? Mit ihm zusammen bist du doch sicherer!»

Kaltwasser stöhnte. «Heuser ist von mir weg. Kati steckt irgendwo mit dem Auto fest, und Heuser ist hingefahren. Außerdem haben wir heute sowieso ein Treffen mit Krömpel und Flegelmilch wegen des neuen Gitarristen.»

«Vielleicht solltet ihr auch gleich Sänger testen», entwischte es mir, und ich ärgerte mich im selben Moment. Aber Karlo lachte.

«Ich hab mir das alles genau überlegt. Was soll ich völlig verängstigt durch die Gegend laufen. Am Tag wird mir schon nichts passieren, und nachts muss ich mich eben in Gesellschaft befinden. Im Gegensatz zu Hohlbein und Vetter bin ich wirklich vorgewarnt. Ich nehme die Drohungen ernst.»

«Weißt du, ob Kati ihre Mutter schon kontaktiert hat?»

Karlo verdrehte die Augen. «Heuser hat ziemlich geheimnisvoll getan. Aber wenn du mich fragst, ich glaube kaum, dass ihre Mutter ihr so viel Geld geben kann. Walli Wesenberg hat nämlich kürzlich in ein Unternehmen investiert.» Karlos Blick war schwer zu deuten.

«Komm schon, Karlo, lass mich nicht zappeln, du weißt sicher viel mehr.»

«Walli Wesenberg hat sich vor ein paar Jahren so was wie eine Ersatztochter gesucht, eine Schulkameradin von Kati. Die war mal Katis beste Freundin. Die wohnt jetzt auch in Halle und hat gerade einen Laden aufgemacht. Finanziert wurde der Schuppen von Walli Wesenberg.» Na, da kam doch Bewegung in die Sache. Katis ehemalige beste Freundin wird von der neureichen Mutter finanziert, und Kati geht leer aus.

«Wie heißt die Freundin, und wie heißt das Unternehmen?»

Jetzt grinste Kaltwasser übers ganze Gesicht. «Unternehmen ist gut, Meyer, muss ich mir merken.»

«Komm schon, Karlo!»

«Die Freundin Keila Sawatzki, besser bekannt als Reileck-Kylie. Und der Schuppen heißt *Hotel Afrika*. Am Reileck. Wir sind da gestern Abend vorbeispaziert, falls du dich erinnerst.»

«Was hat diese Keila Sawatzki früher gemacht?»

«Sie war bei Triller-Uschi beschäftigt, ist dann ausgestiegen und hat ihren eigenen Laden aufgemacht.»

Holla. «Ist Keila Sawatzkis Laden ein reines Hotel?»

«Wenn man so will. Man kann Zimmer mieten. Für Tage oder Stunden, man muss sehen, wo man bleibt, heutzutage. Personal in dem Sinne hat sie nicht.»

«Und Kati weiß, wo das Geld ihrer Mutter angelegt ist?»

«Halle ist ’ne Kleinstadt, Meyer. Das müsstest du doch am besten wissen.»

Keine Ahnung, wie er das nun wieder meinte. «Warum ich?»

Karlo fing an herumzudrucksen. Ich durfte jetzt nicht lockerlassen. Langsam fügten sich hier ja ein paar Bilder zusammen. Lauter alte Geschichten, wie meistens, wenn es um vorsätzlichen Mord geht und nicht um Handlungen im Affekt.

«Hast du einen Drink im Haus, Meyer?»

«Ich kann dir einen Beton mischen, aber richtig kalt wird er nicht sein.»

«Um die Temperatur geht es nicht.»

Ich verstand und mixte Karlo einen gewaltigen Beton, Becherovka und Tonic im Verhältnis vier zu eins. Der würde ihm die Zunge lösen. Ich selbst blieb beim Wasser.

«Danke, ich bin Alleintrinken gewöhnt.» Karlo prostete mir zu.

«Also, Karlo, wie hast du das gemeint, dass ich das am besten wissen müsste?»

Kaltwasser nahm einen ordentlichen Hieb. «Ich hab gehört, dass du diesen Mollenkott kennst. Der hatte mal was mit Kylie. Hat ihr auch die Bude zu einem Vorzugspreis besorgt. War ’ne Art Zwangsversteigerung, die nicht ganz so ablief, wie der Gesetzgeber es vorschreibt. Aber Mollenkott ist ein hohes Tier bei der Stadt, und so hat er das irgendwie gedreht. Danach hat Kylie ihm den Laufpass gegeben.»

«Und seitdem läuft er ...»

«Ja, nicht mehr ganz rund, wie du weißt.»

«Aber Mollenkott interessiert hier doch nur am Rande, oder was soll er mit den Morden zu tun haben?»

«Ich hab ihm Kylie ausgespannt, nachdem Anja mich wegen Eduard Vetter verlassen hatte.» Halle war wirklich eine Kleinstadt. *A one horse town,* wie es im Amerikanischen heißt.

Ich schwieg. Karlo war bereits in der Stimmung, wo er allein weiterreden würde.

«Ich weiß schon, warum du nicht weiterfragst, Meyer. Du verdächtigst mich immer noch. Sieh's doch endlich ein. Frohe Zukunft ist meine letzte Chance. Hohlbein war mein Freund von Kindesbeinen an, warum sollte ich ihn umbringen? Und das mit Anja wäre sowieso nie was Festes geworden, so wie die drauf ist.» Er trank gierig. «So einfach ist das, Meyer. Ich habe aus dem Schmerz ein paar Songs gemacht, die Songs sind gut eingeschlagen, ich verdiene mein Geld damit. Ich verkaufe quasi meine Schmerzen, die Leute lieben das. Sie wollen echtes Leid. Dafür bezahlen sie. Darin erkennen sie sich wieder. Na, zumindest die Leute in unserem Alter, die begriffen haben, dass zum Überleben das Sich-Einrichten gehört.» Kaltwasser war in seinem Element. Und ich hatte im Tausch gegen ein paar Gläser Beton den roten Faden für eine meiner nächsten Sendungen bekommen. Vielleicht sollte ich Kaltwasser einfach einladen und mit ihm über den Tod von zwei Kollegen sprechen. Das wäre dann kein Voyeurismus, sondern Authentizität. Ausgerechnet ich wollte mal wieder das Radio retten. Das konnte eigentlich nur schiefgehen.

Als ich aus meinen Gedanken hochfuhr, saß ich allein

am Küchentisch. Karlo, der wahrscheinlich die ganze Nacht kein Auge zugemacht hatte, lag auf meinem Sofa und schnarchte leise, aber regelmäßig.

Ich holte die *Best of Curtis Mayfield* aus dem Regal und nahm mir noch einmal die Morddrohungen vor. Die erste klang relativ offen: *So move on up / toward your destination / but you may find / from time to time / complication!* Das passte sogar irgendwie zur Bandgeschichte. Komplikationen auf dem Weg nach oben hatte es ja gegeben, in den langen und harten Anfangsjahren von Frohe Zukunft, als niemand an den Erfolg der Band glaubte. Dann der Einstieg in die Charts und wenig später die brutale Ermordung von Hagen Hohlbein. Der zweite Brief aber war eigentlich eindeutig positiv. *Just move on up / and keep on wishing / remember your dreams / are your only schemes / so keep on pushing.* War das überhaupt eine Morddrohung und nicht eher eine Ermunterung zum Weitermachen? *Beweg dich weiter, deine Träume sind alles, also treib ihn voran, den Weg nach oben.* Damit war ja wohl kaum der Weg dorthin gemeint, wo Underground die Orgel zur Begrüßung anschmiss.

Was bezweckte der Verfasser dieser Briefe? Und: Handelte es sich hier um denselben, der die Nachrichten an Hohlbein und Vetter geschrieben hatte? Und: War das auch der Mörder? Vielleicht eine unbeabsichtigte Koinzidenz. Oder die dritte Briefserie stammte von einem Spaßvogel, der von Curtis nur den größten Hit kannte. Aber niemand außer Klepzig, Heuser, Hösendorfer und Kaltwasser wussten von der Kombination Milton-Mayfield. Na ja, und vielleicht hatte Heuser Kati von den Briefen erzählt.

Falls sie wirklich selbst hinter der Entführung ihrer Tochter steckte, sprach das in meinen Augen nicht unbedingt gegen sie. Nach dem, was mir Kaltwasser gerade erzählt hatte, hatte Kati Grund genug, Anspruch auf ein bisschen von dem Geld ihrer Mutter zu erheben.

Ich machte mich wieder an die Vorbereitung meiner Sendung. *Wind trägt alle Worte fort,* von wem war das noch gleich? Lift, Modern Soul Band, Reform, Elektra? Starke Bandnamen für ein totalitäres System. In all diesen Bands hatte Stefan Trepte mal gesungen. Ich blätterte ein wenig im großen Amiga Lexikon herum. Und blieb mal wieder bei Pension Volkmann hängen. Deren Alben musste ich mir unbedingt besorgen.

Gegen 14 Uhr weckte ich Kaltwasser mit einem großen Kaffee. Er sah auf die Uhr, erhob sich langsam, raufte sich die fettigen Haare und räusperte sich, so als wolle er eine wichtige Ansage machen. Aber er gab nur die Uhrzeit durch. Dann leerte er die Kaffeetasse mit wenigen gierigen Schlucken, und schon fiel die Tür ins Schloss.

«Kennst du das?», las im nächsten Moment Heuser aufgeregt, aber in perfektem Englisch, übers Telefon: *«We gotta save the children / And the people in the neighborhood / They would if they only could / Meet and shake the other's hand.»*

«Kenn ich! *We Gotta Have Peace.* Curtis Mayfield.»

Heuser hyperventilierte. «Hätte ich mir denken können.»

«Was ist los, Heuser? Hat dich dein Schwager als Telefonjoker bei *Wer wird Millionär* eingesetzt?»

«Kati hat einen Brief bekommen. Zuerst Milton, dann Mayfield. Da draußen läuft ein Wahnsinniger rum, Meyer. Wenn ich's nicht besser wüsste, würde ich sagen, dass du es bist.»

Ich lachte. «Klar, weil ich der einzige Curtis-Mayfield-

Fan weit und breit bin. Wann ist der Brief gekommen? Und seit wann seid ihr überhaupt von eurer kleinen Spritztour zurück?»

Heuser hatte meinen Unterton registriert. Es dauerte eine Sekunde zu lange, bis er antwortete. «Gerade rein. Der Zettel war im Briefkasten.»

«Wann habt ihr den Briefkasten das letzte Mal geöffnet?»

«Na, gestern, die Postfrau kommt immer so gegen elf. Wieso fragst du?»

Ich überlegte kurz. Früher oder später würde ich Heuser alles erzählen müssen, auch, dass ich Kati verdächtigte, ihre Tochter selbst entführt zu haben. «War nur so 'ne Frage, vergiss es!»

Heuser mochte sich in eine eigenartige Frau verliebt haben, aber blöd war er nicht. «Das meinst du doch nicht ernst, oder?»

«Was meine ich nicht ernst?»

«Deinen Verdacht, dass Kati den Zettel selbst geschrieben hat. Du spinnst doch!»

«Hab ich das gesagt?» Ich legte auf. Ich wusste, was jetzt kam. Der Auftritt eines Cholerikers, eine Mustervorführung für Psychologiestudenten im ersten Semester.

Vielleicht war ich ja nur neidisch, dass Heuser sich verliebt hatte.

Von Gisela hatte ich seit gestern früh nichts gehört. Das fiel mir in diesem Moment auf. Und im nächsten Moment klingelte schon wieder das Telefon. Es war Uschi, die mir eine Geschichte erzählen wollte.

Viel Zeit blieb dann nicht mehr, und ich hatte noch immer die Sendung vorzubereiten. Aus aktuellem Anlass würde ich die *Prosa der Puffmutter* schon heute bringen. Nicht, weil sich mit dem Etablissement von Reileck-Kylie die Angebotspalette kürzlich erweitert hatte. Den Anlass bot vielmehr Uschi.

Uschi hatte eine Deutschlandflagge erstanden, die einst über dem Reichstag wehte. Kein Geringerer als Ossi-Bär Wolfgang Thierse hatte die Fahne im Internet zum Verkauf angeboten, und Uschi hatte das 6,40 mal 4,50 Meter große Relikt für 3350 Euro ersteigert und flaggte damit seit ein paar Tagen ihren Laden. Hier, das wollte Uschi sagen, arbeiten keine verschleppten Mädchen aus der Ukraine, denen international organisierte Menschenhändlerringe Modeljobs versprochen hatten, um sie dann in die Prostitution zu zwingen, sie unter Drogen zu setzen und zum Wrack zu machen, bevor sie Ende zwanzig sind. «Ficken für Deutschland» nannte Uschi die Aktion und stieß damit auf großes Interesse der Presse.

Ein paar Menschen der verschiedensten politischen Ausrichtungen fanden die Sache allerdings nicht so lustig. Holger Hösendorfer hielt still, er fickte selbst gern für Deutschland. Doch irgendein verklemmter ehemaliger Politiker aus der Landesregierung hatte Anzeige gegen Uschi Trelkowski und Wolfgang Thierse erstattet, und so hatte Uschi die Flagge gestern Abend wieder einholen müssen. Und nun bot sie sie wiederum bei eBay zur Versteigerung an. Den Großteil des Erlöses wollte Uschi einem Verein zur Unterstützung krebskranker Kinder spenden. Beim Gebot von 17 000 Euro aber stoppten irgendwelche Hacker die Aktion. Laut eigener Aussage, um damit selbst Aufmerksamkeit zu bekommen. Eigentlich, so die Hacker, richtete sich ihr Angriff gegen eBay.

All das hatte Uschi mir in Windeseile erzählt und mich um Hilfe gebeten. Möglicherweise überschätzte sie die Möglichkeiten eines Privatdetektivs. Ich wusste zwar, wie man einen Computer bedient, wie man eine E-Mail verschickt und solche Sachen, aber in der Hackerszene kannte ich mich nicht aus. Ich gab Uschi die Adresse von einem alten Freund in Berlin, der früher selbst Hacker gewesen war und inzwischen die Seiten gewechselt hatte. Er erledigte Aufträge für den Verfassungsschutz, und der sah sich gern als sein einziger Auftraggeber. Aber mein Freund war ein Computerjunkie. Einmal Hacker, immer Hacker.

24.

Lost Songs Found näherte sich dem Ende, als mein auf stumm geschaltetes Handy den Eingang einer SMS anzeigte. Es war Heuser, und er fasste sich, wie meistens in letzter Zeit, ausgesprochen kurz. *Nach der Sendung im Hölderlin, dringend, Heuser.* Die Sendung würde er kaum mit mir auswerten wollen, aber vielleicht hatte er was zu erzählen.

Die Prosa der Puffmutter ging ins Finale. Ich legte *Big Legs Tight Skirt* von John Lee Hooker auf und gab noch einmal Ort und Zeit der Veranstaltung durch, die morgen unter der Ägide von Triller-Uschi stattfinden sollte. Außerdem das Spendenkonto von «Kinderland» für alle, die nicht dabei sein konnten oder durften.

Die neue Rubrik mit den Ostsongs hatte erstaunlich eingeschlagen. Ich hatte ein paar der sogenannten «Anderen Bands» gespielt, also Musik von Gruppen, die sich um die Mitte der achtziger Jahre jenseits vom staatlich sanktionierten Bildungsauftrags-Rock gegründet hatten und frech provozierten: Sandow, Die Anderen, Feeling B, Der Expander des Fortschritts. Diese Bands vertrieben ihre in

Übungsräumen und halblegalen Studios aufgenommenen Songs vorwiegend über Kassetten auf ihren Konzerten. Nur wenige hatten das zweifelhafte Glück, noch bei der DDR-Firma Amiga ein Album veröffentlichen zu können. Einige Aufnahmen wurden zwar noch im Auftrag von Amiga produziert, fanden aber erst nach dem Zusammenbruch der Zone ihren Weg auf die Plattenspieler der Fans. *Stationen der Sucht* von Sandow aus Cottbus war so ein «verlorenes» Album, ich hatte drei Songs daraus gespielt, von der Intensität erinnerten sie mich stark an Frohe Zukunft, das war mir erst heute Abend wirklich aufgefallen. Karlo hatte mir zwar erzählt, dass Sandow ihn beeinflusst habe, ich aber hatte da nicht weiter drüber nachgedacht.

Karlo war eine gute Quelle, nicht nur für die Figuren, die in meinem Fall eine Rolle spielten. Auch über die DDR-Rockszene wusste er ausgesprochen gut Bescheid. Karlo hatte vom ersten Konzert der Einstürzenden Neubauten im ehemaligen Werk Elektrokohle in Berlin geschwärmt. *Gaspordin Geiner Muller* habe das Konzert eröffnet, und dann sei die Post abgegangen. Es gab sogar einen illegalen Mitschnitt des Albums auf Vinyl, limitierte Auflage: dreihundert Stück weltweit, und Karlo besaß ein Exemplar. Wenn erst wieder Ruhe in seinem Leben herrschte, so hatte er versprochen, würde er dieses wertvolle Dokument für mich auf CD brennen.

Ich hatte Karlo ins Herz geschlossen. Er war ein guter Beobachter, wohl deshalb hatte er mit seinen Texten einen gewissen Nerv getroffen, egal, wo er sich bediente. Ich spielte noch was von den Neubauten, Frohe Zukunft und zum Schluss einen Song aus Sandows erstem Westalbum *Der 13. Ton*.

Dann gab es noch eins der besagten Puffgedichte von Thomas Brasch, und ich packte meine CDs ein und radelte zum *Hölderlin*.

Großer Bahnhof, kein Wunder, Freitagnacht. Karlo und Klepzig saßen unter dem Pferdekopf, Ulli hatte *Country Got Soul*, eine wundervolle Kompilation, in die Jukebox gelegt. Der Laden war zum Platzen voll.

Ich hatte gerade den Schaum von meinem ersten Bier abgetrunken, als sich die gesamte Bande gleichzeitig in Richtung Tür wandte. Uschi sah umwerfend aus in dem schwarzen Kostüm. Keine Frage, sie hatte Stil, und sie suchte sich den richtigen Tisch aus, nämlich unseren. Dann bestellte sie eine Runde für alle, großzügig war sie auch noch.

«Auf die beste Aktion der letzten zehn Jahre in Halle», machte ich meinen Trinkspruch. Klepzig nahm einen hastigen Schluck, wischte sich den Schaum vom Mund und fragte: «Welche Aktion?»

«Na, Ficken für Deutschland, alter Kampftrinker. Wie ist die Geschichte mit den Hackern denn ausgegangen?» Ich drehte mich Uschi zu.

«Die Truppe wurde im Verlauf eines halben Tages jefunden und aufjemischt. Was glaubt ihr, warum ich einen ausjebe? Ich habe die Fahne wie jeplant versteigert, morgen wird die Kohle für die Kurzen überjeben.»

«Kurze gibt's hier auch», hängte Ulli sich rein.

«Jenau, meiner, und davon machste jetzt nochmal 'n paar, aber nicht zu kurz.» Uschi ließ sich nicht lumpen.

Ulli brachte riesige Schnäpse. Dafür waren die Russen gut gewesen, dachte ich: Den Osten haben sie ruiniert, aber die Größe der Schnäpse haben sie revolutioniert.

Uschi lud mich für den nächsten Tag zur feierlichen Scheckübergabe an «Kinderland» ein, es würde sicher eine klasse Party werden, auch Wolfgang Thierse habe zumindest noch nicht abgesagt. Ich bot an vorbeizukommen, sobald die Kinder im Bett seien. Heuser könne ja für den ersten Teil des Abends mein Stellvertreter sein. «Der hat doch mittlerweile bestimmt den Kindergärtner-Verdienstorden in Gold.»

«Wenn man vom Teufel spricht.» Ulli deutete auf die Tür.

Ich wollte es nicht glauben. Heuser trug eine Latzhose, die bis zu den Knien ging, und offene Schuhe. Er winkte uns schon von weitem zu und kam geradewegs an unseren Tisch.

«Sie sind hier falsch, junger Mann. Die Tagung der Bürgerinitiative zur Rettung der Hausmaus tagt erst morgen.» Klepzig begrüßte den verdatterten Heuser nicht eben sanft.

«Du siehst aus wie aus dem Kinderfernsehen», setzte ich nach.

Heuser spendierte eine Runde. Aber selbst, als er ein Glas vor sich stehen hatte, sah er noch unsexy aus. Dafür kam er direkt zur Sache.

«Du musst mir helfen, Hank. Kati will sich mit ihrer Mutter treffen und sie um Geld bitten. Jemand muss das moderieren.»

«Ich moderiere Radiosendungen, in denen es um Musik geht. Du brauchst Bärbel Schäfer oder diese andere Kuh.»

Heuser gab Ulli ein Zeichen. Der füllte nach. Wenn diese hässliche Latzhose seine Spendierhose war, dann sollte Heuser den Lappen ruhig öfter anziehen.

«Ich hatte an dich gedacht, Hank.»

«Ich hatte mit meiner Ablehnung auch an mich gedacht, Heuser. Warum machst du es nicht selbst?»

«Komm schon, ich bin zu nah dran, mich belastet das zu sehr. Dir macht es doch nichts aus, du hängst emotional nicht mit drin.»

«Allerdings!»

«Na, siehst du. Und wenn Kati ihre Mutter schon um Geld fragt, dann fragt sie eben um ein bisschen mehr und kann dich auch mal entlohnen.»

Das war natürlich ein Argument.

«Lass mich 'ne Nacht drüber schlafen, okay?»

«Das werde ich dir nie vergessen!» Der Hesse hatte Tränen in den Augen.

25.

Samstagmittag. Ich erwachte mit relativ klarem Kopf. Uschi schlief auf meinem Sofa. Nach all der Aufregung hatte sie letzte Nacht nicht allein sein wollen. Auch abgebrühte Puffmütter brauchten mitunter ein wenig Zuwendung und frischgebrühten Kaffee.

Ich holte Brötchen, schälte eine Ananas und weckte meinen Gast.

«Meyer, meiner, volles Verwöhnprogramm, wa? Na, ich werd mich revanchieren.»

«Lass mal, Uschi, es gibt noch eine Welt, wo man nicht immer gleich was geben muss, wenn man was bekommt.»

Uschi griff sich ein Croissant. «Das hatte ich schon völlig verjessen. Draußen ruft alles: Tauschjesellschaft! Du bist der letzte Romantiker, Meyer.»

«Ich weiß.»

«Nee, im Ernst, du bist ein Guter. So einen wie dich wünscht sich manche Frau.»

«Du meinst Frauen, die es mit dem Modell Gewinner

schon versucht haben und zur Abwechslung mal einen echten Verlierer bemuttern wollen?»

«Die Jewinnertypen sind die Schlimmsten, meiner, frag mich. Ich hab jeden Tag den Laden voll davon. Wer vom Leben nicht auch mal in die Ecke jestellt wird, der stellt dauernd andere dorthin.»

«Bevor ich die Situation ausnutze und dir einen Heiratsantrag mache, rufe ich dir lieber ein Taxi.»

Ich wählte die Nummer meines Lieblingschauffeurs.

Uschi war netter als die meisten Menschen mit Berufen, die in dieser verlogenen Gesellschaft anerkannt waren. Überall wurden die Leute betrogen. Überall appellierte man an das schlechte Gewissen der Menschen, um ihnen noch den letzten Cent abzuquetschen. Heute konnte man sich zwischen Steuern und Spenden entscheiden, und in jedem Fall war klar, dass das Geld die Falschen finanzierte. Dann doch lieber in den Puff. Uschi war bestimmt kein Kind von Traurigkeit, aber sie war nicht halb so verlogen wie diese Beamten in Lederhosen, die früher angeblich alle völlig verrückt gewesen waren und mit der RAF sympathisiert hatten.

Das Telefon schreckte mich aus meiner Küchenrevolution. Es war Kati, bereit für den Gang nach Canossa. Heinrich der Vierte war 1077 legendär von Speyer nach Canossa gereist, um bei Papst Gregor dem Siebten die Lösung vom Kirchenbann zu erbitten. Kati hatte sich aufgebrezelt, ein paar Blumen gekauft, und sie hatte, anders als weiland Heinrich der Vierte, vorher angerufen. Walli Wesenberg habe, so erzählte Kati, ein wenig gezaudert, ihre Tochter beschimpft, dann plötzlich geweint und einem Treffen schließlich zugestimmt. Auf keinen Fall aber wollte sie Kati zu Hause empfangen. Und da sie ohnehin in Halle zu tun habe (wegen einer Immobilie), habe Walli vorgeschlagen, dass man sich auf dem Bahnhof traf, wo man beim Chinesen was Schönes essen und sich dabei ein wenig beschnuppern könne. Falls man vor lauter Glutamat und Sojasoße dazu kam.

Der Bahnhof von Halle bot die Sachsen-Anhalt-Ausgabe des Platzes der Spieler von Marrakesch, nur dass die Menschen dort besser gekleidet waren. Betrachtete man das Angebot hier vor Ort, musste man glauben, die Hallenser und das Umland ernährten sich ausschließlich von Kathi-Kuchenmehl und Halloren-Kugeln. Und von Blasenwurst in allen erdenklichen Größen. Den China-Imbiss konnte man schon am gläsernen Eingang riechen. Überraschenderweise wurde der Geruch dann nicht stärker, wenn man näher kam, er hatte sich flächendeckend und gleichmäßig stark im ganzen Gebäude ausgebreitet.

Walli Wesenberg war etwas übergewichtig, trug aber ein kaschierendes Kostüm, sauteuer, das erkannte sogar ich. Sie hatte überall irgendwelche Brillis funkeln, edle Schuhe mit enormen Absätzen und eine von diesen modernen Sonnenbrillen, die größer waren als Klodeckel und mit denen man aussah wie Puck die Stubenfliege. Vor ihr stand bereits eine giftige Masse, die der vietnamesische Fahrradmonteur, der diesen Laden führte, als gebratene Nudeln mit irgendwas anbot. Kati versuchte gar nicht erst, ihrer Mutter die Hand zu geben, geschweige denn, sie zu umarmen. Walli wischte sich mit einer hauchdünnen Papierserviette etwas Schmieriges von der Oberlippe und wies großzügig auf die freien Stühle.

Sie hatte ein junges Ding dabei, das sie als ihre Sekretärin vorstellte. In Zeiten von Hartz 4 konnte sich jeder, der zu Geld gekommen war, einen Sklaven leisten. Und Walli Wesenberg war zu Geld gekommen. Nachdem Kati ihr Eduard Vetter ausgespannt hatte, war Walli, vormals Erfurter Szenebraut, in die Kirche von Anna Nicole Smith übergetreten. Das bedeutete, fortan konnten die Titten nicht groß und die Kerle nicht alt genug sein. In ganzen sieben Jahren hatte Walli zwei Männer geehelicht und diese dann relativ zügig zu Tode gepflegt. Erst den hessischen Baulöwen, von dem ich schon durch Karlo wusste, dann einen Thüringer Würstchenhersteller, der als der letzte echte Bratwurstbastler galt. Das Vermögen der Wesenberg wurde in Fachblättern wie *Super Illu* und *Apotheken Umschau* auf satte acht Millionen geschätzt. Sie besaß Häuser in Erfurt, Halle, Weimar und irgendwo im Hessischen, wo genau, konnte Kati, die mir auf dem Weg zum Bahnhof kurz diese Zusammenfassung gegeben hatte, nicht sagen.

Kaum saßen wir, herrschte Walli ihre Sekretärin an, ihr noch so einen Dosenprosecco zu holen. *Dosenprosecco,* dachte ich, das ist wie Bier aus der Plastiktüte. Dafür gehört der Erfinder eingesperrt.

Walli Wesenberg eröffnete mit einer Gemeinheit. «Na, dir sind die jungen Kerle wohl auch ausgegangen?»

Sie musterte mich mit einem Blick, der besagte: Bei diesem Vogel wird nichts zu holen sein. Womit sie natürlich recht hatte. Nichts außer Tugenden, die auf den ersten Blick nicht erkennbar waren: Stolz und Anstand. Die zweite Tugend verhinderte in diesem Fall, dass die erste zum Zug kam. Ich hätte Katis Mutter liebend gern mit ihrem Gesicht in die Chop-Suey-Pampe gedrückt. Aber um mich ging es hier nicht. Kati konterte souverän, wenn auch mit einer handfesten Lüge.

«Das hier ist Liebe, Walli, ein Wort, das du bereits bei meiner Geburt vergessen oder nie kennengelernt hast.»

Walli lachte laut. «Liebe. Ich lach mir dot. Liebe. Meine Tochter will mir erklärn, was Liebe is. Ich lach mir dot.»

Ich musste an meinen Freund Klepzig denken. Die Menschheit bestand zu neunundneunzig Prozent aus Idioten, sagte der gern nach drei Guinness. Falls sie sich eines Tages selbst ausrotten würde, sei es nur um ein Prozent schade. Dafür bekomme das Universum eine neue Chance. Das ist der Preis, den wir zahlen müssen, Meyer, schloss Klepzig dann. Wenn ich ihm bisher, aus welchen Gründen auch immer, nicht hatte glauben wollen: Jetzt, da ich Walli Wesenberg begegnet war, hätte ich sein Manifest sofort unterschrieben. Wenn es jetzt einen großen Knall gäbe, dann wäre der Preis für unser Verschwinden nicht zu hoch. Denn dann wäre auch das ganze Kroppzeug verschwunden. Eine Welt wie eine Wüste. Sand und Sauberkeit.

«So, und nun komm zur Sache!», lispelte Walli ihrer Tochter entgegen. Keine Aufwärmphase, kein Vorgeplänkel. Eine schmutzige Beleidigung hatte als kleine Sentimentalität genügt. Walli zündete sich eine Kippe an, 100er-Format *Duett*, und nahm einen tiefen Zug. Kati, die sich ebenfalls eine angezündet hatte, inhalierte tief. Ich war überrascht, dass sie rauchte, ich schob es auf die Aufregung.

«Lisa ist entführt worden. Die Entführer verlangen fünfhunderttausend Euro. Ich weiß nicht, wen ich sonst fragen soll.» Gemessen an dem, was sie hier vortrug, wirkte Kati seltsam gelöst. Überhaupt, es kam mir nicht so vor, als habe sie Walli seit Jahren nicht gesehen. Zu wenig Neugier und Überraschung im Blick. Auch bei Walli. Aber warum sollten sie einen Eiertanz inszenieren? Manchmal hasste ich es, dass ich hinter allem eine Verschwörung witterte.

«Und da haste dir gedacht, du fragst deine liebe Mutter,

die hat ja genug Zaster, von den alten Tattergreisen, da kann sie ihrer feinen Tochter durchaus was abgeben. Aber getäuscht haste dir.» Walli lachte noch lauter.

Die Leute vom Nebentisch schauten rüber. Ich erzählte was von einem Casting für *Unter uns*. Ein Mann mit einem Gesicht wie ein Betonmischer bot an, auch in die Sendung zu kommen. Wahrscheinlich konnte er in seiner Fresslade wirklich Beton mischen.

Kati versuchte es weiter. «Sie ist deine Enkeltochter.»

«Sie ist die Tochter des Mannes, wegen dem ich das Wort Liebe vergessen habe, meine Süße. Weil du ihn mir ausgespannt hast.»

«Eigentlich solltest du mir dankbar sein.» Kati entschied sich für die Flucht nach vorn.

«Werd nicht frech. Ich weiß schon, was jetzt kommt. Ich war sowieso zu alt für ihn und der ganze Scheiß. Hast du gedacht, das ist so einfach, deine olle Mutter hat inzwischen das sentimentale Alter erreicht und kommt einfach so mit den Moneten rüber?»

Das war mein Zeichen, zumindest verstand ich es als ein solches. Klepzig hatte sich nach Heusers Abgang aus dem *Hölderlin* nicht umsonst die Nacht um die Ohren geschlagen und alte Mikrofiches gelesen. Wenn wir Kati helfen wollten, war es unsere einzige Chance.

«Wenn ich mich kurz mal einmischen darf, wir haben auch …»

«Sag dein' Stecher, er soll die Schnauze halten, sonst ist diese Unterredung hier gleich beendet.» Walli drückte ihre Kippe in der China-Pampe aus. «Prosecco!», wies sie ihre Sekretärin an.

Was für eine absurde Situation. Walli Wesenberg kümmelte sich gemütlich einen rein und beleidigte ihre Tochter.

Sie hatte nie vorgehabt, Kati zu helfen. Sie wollte sich rächen, wollte ihre Tochter demütigen, bis die sich auf der Erde wand und sie anbettelte. Aber so weit würde es nicht kommen.

Ich holte zwei Bier, schob Kati eins rüber und setzte erneut an.

«Ich wollte lediglich mit Ihnen auf ein kleines Geschäft anstoßen, Frau Wesenberg, auf Ihre, wenn man so sagen darf, neugewonnene Freiheit.»

Walli schaute konsterniert. «Wie meint der Wichser das?» Sie wandte sich an ihre Tochter. Kati hatte natürlich keine Ahnung.

«Ich mach es mal etwas genauer ...»

«Er macht es mir, genau, siehste, Kati, die Kerle stehen immer noch auf mich», krakeelte Walli durch die China-Kneipe.

«Genau, so wie damals, als Sie noch in der Martin-Luther-Straße in Wittenberg wohnten und zum Arbeiten nicht auf die Straße mussten.»

Walli zuckte kurz zusammen, so als habe ihr jemand eine Heugabel in ihre fetten Hüften gesteckt. «Was willste damit sagen?»

«Nun, das Haus wurde kürzlich abgerissen, und unter dem Fundament fand sich das Skelett eines Babys. Das liegt dort seit ungefähr fünfundzwanzig Jahren. Vielleicht wissen Sie, worauf ich hinauswill. Mein Kollege ist bei der Polizei und hat sich erkundigt. Außer Ihnen wohnten damals nur alte Omas in dem Haus und ein junger Bademeister. Man kann das heute mit DNA-Tests nachweisen. Nur hat man Ihre Spur verloren, weil Sie die freie Wohnung damals einfach so bezogen hatten, wie es eben üblich war vor der Wende. Schwarzwohnungen wurden geduldet, weil die Häuser dann beheizt wurden und wenigstens nicht verfielen. Kati hat mir bestätigt, dass Sie dort gemeinsam gewohnt haben. Natürlich hat sie damals mitbekommen, dass Sie schwanger waren. Kati war immerhin selbst schon zwölf, und dann war plötzlich kein Brüderchen da, einfach weg.»

Walli sah zum Glück mich an und nicht Kati, deren Mund weit offen stand und die natürlich nichts von dem bestätigt hatte, was ich da gerade erzählte.

«Außer mir und Kati weiß niemand, dass Sie beide dort gewohnt haben. Die anderen Mieter sind tot. Auch der Bademeister. Ertrunken. Ausgerechnet. In der Ostsee. Republikflucht, versuchte.» Ich nahm einen Siegesschluck aus meiner Tsingtao-Flasche. Reisbier, zum Kotzen. Jetzt zitterte Walli Wesenberg. Wir hatten sie. Ich setzte nochmal nach.

«Sie wollen in Halle ganz groß einsteigen. Es reicht Ihnen nicht, dass Sie Reileck-Kylie ihr Hotel finanzieren. Mal ganz ehrlich: Die paar Mäuse, die Kati braucht, zahlen Sie doch aus der Portokasse. Denken Sie über unser Angebot nach. Aber lassen Sie sich nicht allzu lange Zeit, die Entführer meinen es ernst. Wenn wir innerhalb von einer Stunde nichts von Ihnen hören, steht noch heute die Polizei bei Ihnen vor der Tür wegen eines Speicheltests. Da können Sie literweise Sojasoße trinken, die finden, was sie finden wollen. Hier ist meine Handynummer.»

Kati war leichenblass. Jetzt war ihr klar, warum ich sie gelöchert hatte mit Wittenberg, der Adresse und so. Das Ganze war Klepzigs Idee gewesen, natürlich würde er das abstreiten. Ich hatte ihm zugeredet, wir täten das alles Heuser zuliebe.

Klepzig hatte den Tipp von einem Kollegen aus Wittenberg bekommen, der ab und zu mal eine Dienstreise nach Halle unternahm, um bei Triller-Uschi einzukehren. Wenn er sich dann das Gehirn rausgevögelt hatte mit Tamara, einer vorgetäuschten Russin aus dem Saalkreis, dann ging er gern noch mit Klepzig auf ein paar Bier und plauderte Dienstgeheimnisse aus. Puff und Beichte, die Eckpfeiler des entspannten Beamten.

Kati erhob sich, völlig benommen. Vor dem Treffen hatte sie entspannter auf mich gewirkt. So, als würde es ihr gar nicht so viel ausmachen, nach all den Jahren wieder mit ihrer Mutter zu sprechen. Jetzt wirkte sie das erste Mal ernsthaft derangiert.

Wir waren kaum aus dem Bahnhof, als mein Handy klingelte. Walli Wesenberg. Sieg auf ganzer Linie.

«Wie kann ich sicher sein, dass Sie mich nicht trotzdem verpfeifen?»

«Gar nicht. Aber Sie können wenigstens versuchen, aus der Nummer rauszukommen. Es ist eine Chance.»

«Meine Sekretärin kommt morgen mit dem Geld vorbei.»

«Triftstraße ...»

«Ich weiß, wo meine feine Tochter wohnt, Meyer! So war doch Ihr Name, oder?»

«Keine Drohungen, bitte, ich war lediglich der Begleitschutz. Bis morgen, Frau Wunrau. So war doch Ihr Name, damals in Wittenberg, oder?»

«Schwein, elendes, dich krieg ich eines Tages zu fassen!» Sie legte auf.

Eines Tages kriegen sie jeden zu fassen, dachte ich. Eines Tages würde das Universum eine neue Chance bekommen. Klepzig hätte Philosoph werden sollen. Diesen Sloterdijk, den soff er doch locker unter den Tisch. Aber woher kennt die Wesenberg die Adresse ihrer Tochter, fragte ich mich. Scheiß Hitze, scheiß Verschwörungstheorien. Ich verlor langsam den Überblick.

26. Ich erwachte schweißgebadet nach einem Kampf mit Walli Wesenberg. Sie hatte mich *zu fassen gekriegt*, wie sie es nannte. Dann schlief ich wieder ein, nur um erneut in einen Albtraum einzutauchen, einen Albtraum, den ich niemandem erzählen konnte. Ich hatte mich schuldig gemacht. Es war Jahre her. Ich hatte gebüßt für meine Schuld, die nur zum Teil meine Schuld war. Gebüßt, ohne vom Gesetz bestraft zu werden. Wer eine Seele hat oder etwas in der Art, der bedarf keiner Jurisprudenz, die ihn für etwas bestraft, womit er sich ohnehin schon lebenslänglich selbst bestraft hat. Ich schreckte hoch, die Schüsse, die ich immer wieder träumte, noch im Ohr.

«Wir tragen alle Schuld mit uns herum», hatte Triller-Uschi gestern gesagt. Die einen humpeln, die anderen träumen schwer. «Ich bereue nüscht», hatte Uschi dann noch festgestellt und sich damit neben Edith Piaf, Brigitte Mohnhaupt, Joni Mitchell und Walli Wesenberg eingereiht. *No regrets, Coyote!* Tatsächlich, das munterte mich auf.

Ich kochte Tee. *Störtebeker.* Der Friese, der Tote aufweckte. Vielleicht mal ein paar Liter in den Keller gießen für die Leichen da unten, dachte ich.

Heute sollte Wallis Sekretärin das Geld bringen, die Lösegeldübergabe war für den Nachmittag anberaumt. Die Entführer hatten noch einen kleinen Film geschickt gestern Abend, diesmal per Mail. Darin sagte Lisa, wo und wann und wie und keine Tricks. Ich hatte Kati versprochen, die Sache zu übernehmen.

Störtebeker weckte mich langsam. Im Radio gackerte eine Dorftussi aus Vorpommern von Globalisierung und Verantwortung, von «keinen Wegen, die nirgendwo vorbeiführen», von Wenns und Abers. Eine Sprache wie Buchstabensuppe aus der Phrasentüte zum Selbstanrühren. Bundeskanzlerin nannte sich die Worthülsenmaschine. Es folgte die Nachricht über einen Mann in China, dem als Kind ein Hund den Penis abgebissen und dem man erst jetzt einen neuen drangebaut hatte. Erfolgreich, wie der Sprecher meinte. Auf jeden Fall war der Mann glücklich, konnte Sex haben und seinen neuen Schwanz genießen. In China essen sie Hunde, dachte ich. Endlich wusste ich, warum. Das Telefon klingelte. Klepzig.

«Entwarnung, alter Stratege. Die lassen Anja Heinze frei. Heute Abend trifft sie in Halle ein, ich werde sie mir gleich nochmal greifen.»

Das glaubte ich gern. «Aber greif nicht zu sehr hin!»

«Was hast du heute vor?»

Ich schlürfte *Störtebeker*. «Nur 'ne kleine Lösegeldübergabe. Wenn du mit Anja noch einen draufmachst, könnte ich dazustoßen.»

«Du hast die Kraft, wie Elvis sie hatte! Ich melde mich.» Klepzig hatte eindeutig zu viel zu laute Musik gehört, zu viel Drogen und Alkohol und Tabletten konsumiert. Immerhin, für Anja Heinze war er selbst am Sonntag im Dienst.

Die Lösegeldübergabe wollte ich auf keinen Fall vermasseln. So wie Jeff Bridges und John Goodman mit dem Falschen Hasen in *The Big Lebowski*. Was für ein Film, was für Getränke. Weiße Russen. Nihilisten. Bowling. Regeln. Kein

Vietnam. Buckelwale. Die Assoziationsketten knallten mit mir durch.

Vor meiner Wohnungstür fand ich eine neue Demo-CD von Frohe Zukunft, die musste Karlo mir letzte Nacht vorbeigebracht haben. *Wir machen weiter, Meyer,* hatte er draufgekritzelt. Der Song war eine Coverversion, eine Mischung aus *With a Little Help from My Friends* und Blumfelds *Aus den Kriegstagebüchern*, dedicated to Hagen Hohlbein und Eduard Vetter.

Dieser Zustand ist nicht tanzbar
ich schlage Wurzeln
und das nicht aus Verlegenheit
sondern aus Angst davor, daß
es, weil es immer so war, auch so bleibt
und Dich und mich irgendwann wegpustet ...

Für den Refrain hatte Karlo zu *With a Little Help* einen deutschen Text verfasst, gar nicht mal so übel. Die Nummer lag auf einem Dampframmenschlagzeug und einer Rammstein-Gitarre. Klepzig würde sie lieben. Der Flüsterer würde in seinem Laden eine exklusive Vinyl-Version anbieten. Alles wie früher. Eigentlich war immer alles wie früher. Beinah zumindest. Woran man sich gewöhnen musste, waren die Abweichungen. Die Toten. Die Korrekturen.

Kati rief an, die Sekretärin ihrer Mutter habe das Geld vorbeigebracht. Fünfhunderttausend Euro. Ich warnte Kati davor, mir das Geld in die Hand zu geben, ich könne nicht versprechen, für diese Summe wirklich ein Kind auszulösen, anstatt mich aus dem Staub zu machen. So minimalistisch, wie ich lebte, würde ich damit eine ganze Weile auskommen.

Wahrscheinlich länger, als ich zu leben hatte. Ich würde die Knete ja nicht in Deutschland verpulvern müssen, sondern irgendwo, wo es wärmer ist und die Massagen und Drinks fast umsonst sind. *Pour me another Tequila, Sheila.*

Wenn ich auf einen Schlag so viel Geld hätte, dann gäbe es für mich tatsächlich keinen Grund, mir hier noch länger den Arsch aufzureißen. Okay, ich hätte es schlimmer treffen können. Wenn ich mir ansah, was die meisten Menschen so veranstalteten, um ihre Raten zu bezahlen, dann wurde mir bewusst, dass ich nicht alles falsch gemacht hatte. Ich wäre auf keinen Fall glücklicher, wenn ich mich vor Sonnenaufgang aus dem Bett quälen müsste, um irgendwo hundert Kilometer weiter einer völlig entfremdeten Arbeit nachzugehen und nach Sonnenuntergang völlig fertig wieder in meiner Behausung einzutreffen, zu fertig, um noch einen anständigen Drink zu nehmen oder mit Gisela ein Stück auszureiten. Apropos. Gisela wartete vielleicht auf ein Zeichen von mir. Ich war an der Reihe, Gisela hatte schließlich ihren Stolz.

«Meyer hier, ich wollte mir mal was Schönes von Juliane Werding wünschen ...»

«Dann ruf sie selber an, ich erfülle keine Wünsche an andere Frauen. Vielleicht kann ja auch Triller-Uschi *Conny Kramer* einstudieren!»

Ich hatte es geahnt. Gisela war eifersüchtig auf Uschi, irgendwer musste ihr falsche Informationen zugespielt haben, oder sie war in der Nacht bei mir vorbeigekommen, in der Uschi auf meinem Sofa geschlafen hatte.

«Gisela, ich glaube, du hast da was in den falschen Hals gekriegt.» Ich machte Männchen.

«Dafür hat Uschi was in den richtigen Hals gekriegt, die Welt ist nicht gerecht, Meyer.»

«Blödsinn. Und du weißt, dass das nicht stimmt. Ich habe heute noch ein paar Verabredungen, nichts Aufregendes, ein paar Kindesentführer, eine angehende Terroristin, ein depressiver Kommissar, aber danach ...»

«Danach ruh dich mal schön aus, damit du nächste Woche im Puff wieder fit bist!»

Gisela hatte aufgelegt. Fressen und nicht gefressen werden, lautete so nicht einst ihr Wahlspruch? Der Umgang mit diesem Mollenkott war ihr nicht gut bekommen.

Kati holte mich mit dem Fahrrad ab. Zum Zeichen ihres unkonventionellen Umgangs mit Geld hatte sie das dicke Bündel Scheine in eine Plastiktüte gesteckt, die aus ihrem Rucksack schaute. Der Ort der Übergabe war am einfachsten mit dem Rad zu erreichen. Wir sollten das Geld einfach von der Kröllwitz-Brücke fallen lassen, genau zwischen Kuh- und Pferdekopf, unten würde ein Motorboot die Tüte in Empfang nehmen, danach würden die Entführer Lisa laufenlassen, wir sollten sie am Riveufer treffen. Alles würde problemlos vonstattengehen, wenn wir uns an die Abmachungen hielten.

Die Übergabe verzögerte sich ein wenig, da noch verschiedene Ausflugsdampfer Richtung Halle vorbeituckerten, dann, so gegen zehn nach fünf, kam ein kleines Boot mit Kajüte auf die Brücke zu und verlangsamte sichtlich.

Der Fahrer war nicht zu erkennen, ich ließ die Tüte an einem Seil herunter, jemand griff mit etwas, das aussah wie eine Harpune, danach, die Tüte löste sich, ich zog das Seil hoch, und das Boot machte Krach und war ziemlich schnell verschwunden. Kati hatte ihre Tochter bereits am Ufer ausgemacht, als das Boot noch gar nicht außer Sichtweite war. Saubere Arbeit.

Kati gab mir zu verstehen, dass meine Aufgabe nun erfüllt sei, sie wolle Lisa allein in Empfang nehmen. Das gute alte Mutter-Tochter-Ding, sagte sie. Ich sparte mir ein Nicken und radelte los.

Als sie außer Sichtweite war, fischte ich nach meinem Handy und rief Heuser an, um ihn zu entwarnen: «Mach dir keine Sorgen um deine liebe Kati. Die hat keine Anämie, mein Freund. Ihre schuppige Haut neulich, das waren wohl eher die Folgen einer Bastelarbeit mit Klebstoff und ausgeschnittenen Buchstaben ...»

Heusers Schweigen klang so authentisch, dass ich ihm einfach glauben musste. Er hatte es offenbar bis zuletzt für abwegig gehalten, dass Kati die Entführung selbst inszeniert hatte. Entsprechend mau fiel seine Bedankung aus.

Ich sagte ihm, dass ich Kati das Geld gönnte. Vorausgesetzt, sie würde mir eine vernünftige Aufwandsentschädigung bezahlen. Dann klingelte ich bei Klepzig durch und berichtete von meiner guten Tat.

Ich wollte noch eine Runde mit dem Rad drehen und mich dann auf meinem Sofa von den Strapazen des Tages erholen. Auf halber Strecke um die Rabeninsel versuchte ein Hund den chinesischen Trick, ich konnte ihm entkommen und verfluchte wieder einmal sämtliche Hundebesitzer dieser Stadt.

Zu Hause tat der Anrufbeantworter so, als sei ich ein soziales Wesen. Jede Menge Anrufe. Um ehrlich zu sein, mehr als insgesamt im letzten Monat. Vielleicht sogar im ganzen Leben. Manchmal verlor man den Überblick.

Kati bedankte sich nochmal für meine Unterstützung und bat um meine Bankverbindung. Krömpel-Scharfschwerdt hinterließ seine Nummer, er war neugierig, was ich von der Demo-CD hielt. Finn Flegelmilch wollte vermutlich dasselbe wissen, aber er war eindeutig betrunken, nuschelte und war kaum zu verstehen, so laut waren die Geräusche aus dem *Angermayer* oder von wo auch immer er anrief. Klepzig kündigte Anja Heinzes und seinen abendlichen Besuch im *Hölderlin* an. Rembert sagte, er könne heute leider *nicht* ins *Hölderlin* kommen, komisch, seit wann meldete sich hier irgendjemand ab? Heuser wollte nur mal nachfragen, wie wir so vorankämen bei der Mördersuche, jetzt, wo wir uns wieder einzig und allein darauf konzentrieren konnten. Karlo hatte sich an eine Vaterschaftsklage erinnert, die vor ein paar Tagen bei ihm eingetrudelt war. Plötzlich habe er keine Angst mehr vor dem Tod. Matthes meldete sich zurück, sagte, ich könne meine erste Rate abholen, und für morgen sei ein Gedenkkonzert im *Objekt* geplant. Triller-Uschi wollte sich für das Frühstück revanchieren, und als Letzte in der langen Liste ließ Gisela mich wissen, dass sie mir noch eine allerletzte Chance gebe. Bei so viel Zuwendung kam ich mir vor, als hätte ich eine tödliche Krankheit, von der alle schon wussten außer mir selbst. Oder wollten sie mich nur vor die Tür locken, um dann den chinesischen Schwanzbeißer auf mich zu hetzen? Man konnte nie wissen. Und dieses Gefühl wurde von Tag zu Tag stärker.

Ich verbrachte ein ruhiges Stündchen auf meinem Sofa, dann radelte ich gemütlich ins *Hölderlin*.

Kati hatte anscheinend schon ein paar Runden geschmissen, Karlo war da und tröstete sich mit Reileck-Kylie. Heuser hielt gerade eine Rede über den Zusammenhang von Computerspielen und Amokläufen. Ulli saß mit am Tisch, eine ausgesprochen gut aussehende Aushilfe stand hinterm Tresen. Ich fragte mich, wo er immer diese Schönheiten auftat, die es dann nicht länger als ein paar Monate bei ihm aushielten.

Als Heuser aufgehört hatte, Schwachsinn zu faseln, setzte sich Ulli ans Klavier und spielte ein paar Stücke von Randy Newman, dann *Buffalo Ballet*, einen der verdammt schönsten John-Cale-Songs aller Zeiten, und als kurz nach einem frischrasierten und nüchternen Klepzig schließlich auch noch Gisela mit einer schwarzen Rose und einer Vinyl-Original-Ausgabe von Nicos *Marble Index*-Album eintraf, hatte auch ich es begriffen. Für andere Menschen war das der Grund, ins Exil zu gehen: eine Überraschungsparty zum Geburtstag. Der Krankheit nochmal entkommen, war ich wieder ein Jahr älter.

Ich wollte eine Runde ausgeben, aber Kati bestand darauf, dass heute Abend zur Feier des Tages alles auf sie gehe. Zwei Runden später erschien sogar der Flüsterer, der ausnahmsweise am Sonntagabend mal nicht angeln war, und schenkte mir eine Rarität, *Kathleen,* einen Song von Townes van Zandt in der Version der Tindersticks. Weitere drei Runden später begann Ulli, mit der neuen Aushilfe zu flirten, statt Bier zu zapfen, also übernahm ich hinterm Tresen. Von dort konnte ich auch wunderbar beobachten, wie Klepzig die gutaussehende Blondine anbaggerte, die neben ihm saß. Wenn das Anja Heinze war, dann verstand ich, warum er so aufgekratzt von der Ostsee zurückgekehrt war. Das war keine, die sich den ganzen Tag die Nägel machte. Eine Rockerbraut mit Stil. Oder was man heute dafür hielt. Anjas Körpersprache verriet, dass sie Klepzig mochte. Sie lachte laut über seine Witze, sie musste ihn mögen.

«Ich möchte eine kleine Wirtschaft führen», zitierte Ulli Theodor Kramer, die Lyrik war wieder mal ausgebrochen. Selbst Kati gab Brecht zu später Stunde, die *Ballade vom angenehmen Leben*:

Euch ist der Mensch erst Mensch, wenn er sich plagt!
Ich muß gestehn, daß mir das nicht behagt
Ich bin gottlob nicht von so edlem Stamm.
Mir löst sich ganz von selbst das Glücksproblem:
Nur wer im Wohlstand lebt, lebt angenehm!

Das waren noch Zeiten gewesen, als wir uns im *Hölderlin* gemeinsam Fernsehshows wie *Scheißosten* und *Unter Ossis* anschauten. Bevor die alle angefangen hatten, ihren Doktor zu machen, diese Ostspinner.

Irgendwann verschwanden Kylie und Karlo, der Anja Heinze den ganzen Abend nicht beachtet hatte und sich für die Frau mit festem Arsch und festem Einkommen und ohne terroristischen Hintergrund entschieden zu haben schien.

Es war ein aufsässiger Abend. Gisela vertrug sich mit mir, Uschi schneite rein, Gisela war wieder sauer, das alte Spiel. Ich versuchte, niemanden mehr über irgendetwas aufzuklären. Jeder glaubt doch sowieso, was er glauben will. Jedenfalls wollte ich Karlo nicht glauben, als der kreidebleich und ohne Kylie gegen drei Uhr morgens mit einem Zettel in der Hand wieder in der Tür des *Hölderlin* stand.

27. Ich erwachte als Erster. Es dauerte einen Moment, bis ich wusste, wo ich war. Im *Hölderlin*. Ich hatte mir vier Stühle zum Schlafen zusammengeschoben, zumindest erwachte ich auf diesen Möbeln. Das Kreuz tat mir weh. Meine Leber hatte noch nicht allzu viel von dem bis in die frühen Morgenstunden zugeführten Alkohol abbauen können, ich war total zu.

Klepzig lag auf dem Tresen und schnarchte. Seine Brust ging gleichmäßig auf und nieder. Aus der Jukebox kamen grauenvolle Töne. Ich kannte das Stück: *Weißes Boot* von den Roten Gitarren. Irgendein besoffener Idiot musste auf Dauerwiederholung gestellt haben. Ich suchte nach dem Lichtschalter, fand ihn nicht, drückte ein paar Knöpfe an der Jukebox, nichts zu machen. Schließlich krabbelte ich hinter den Kasten, um den Stecker zu ziehen. Es war schummrig, ich war betrunken und grobmotorisch und stieß mir die Stirn. Etwas tropfte von der Decke, direkt auf meinen Kopf. In Ullis Schuppen regnet es durch, dachte ich, und das, obwohl es in Halle seit neun Wochen gar keinen Regen gegeben hat. Vielleicht war es die Klospülung aus Klepzigs Wohnung obendrüber. Als ich dort noch wohnte, hatte ich halbjährlich den Klempner im Haus. Warum erinnerte ich mich gerade jetzt an seinen Namen? Alexander Ablass, ein sauberer Name für einen aus der Rubrik Gas, Wasser, Scheiße.

Endlich hatte ich den Stecker in der Hand. Die Jukebox gab Ruhe. Aber es tropfte weiter. *Verbocken Sie ruhig tüchtig Mist, der Ablass richtet's in der kürzesten Frist.* Das hatte auf der Visitenkarte des Toilettentieftauchers gestanden. Seinen Ablass würden wir wohl wieder einmal bemühen müssen.

Vom Tresen kamen ein paar laute Aufwachgeräusche.

Klepzig rollte sich mit einer Drehbewegung vom Schanktisch, ganz der alte Judoka.

«Na, gut geschlafen auf Ullis Heiligstem?»

«Meyer, Junge, wie siehst du denn aus?»

«Na, wie man eben aussieht nach ’ner Kiste Bier, ’ner Flasche Schnaps und vier Stunden komatösen Schlafs!»

Klepzig lachte laut, strich mir übers Haar und betrachtete seine Finger. «Sag mal, bist du irgendwo gegengerammt? Das ist ja Blut!»

Ich wischte mir selbst über den Kopf. Blut, keine Frage.

«Ich hab mich an der scheiß Jukebox gestoßen, als ich ihr den Strom kappen wollte. Irgendeine Arschgeige hat die Roten Gitarren auf Power-Rotation gedreht letzte Nacht. Außerdem tropft es durch die Decke. Und ich hab von Angela Merkel geträumt, das wird heute nicht mein Tag.»

Klepzig gab keinen Laut von sich.

«Klepzig, hallo, du kannst mich ruhig ein wenig bedauern.»

Klepzig schwieg. Er stand mit dem Rücken zur Jukebox, stocksteif und mit erhobenem Kopf, so als würde er vergattert oder befördert werden, und starrte in die gegenüberliegende Ecke.

«Klepzig?»

Der dunkeldeutsche Kommissar stand wie in Stein gemeißelt. Ich folgte seinem Blick. In der Country-Ecke, dort, wo sonst der Pferdekopf hing, hatte man jetzt Karlo Kaltwasser hingehängt. Ein eiserner Haken ragte vorne aus seinem Brustkorb.

Mein erster Gedanke war, dass Karlo seinen letzten Atemzug bei der Musik der Roten Gitarren getan hatte. Das war der Beweis dafür, dass es die Hölle wirklich gab.

«Wie tief haben wir denn geschlafen, und wie tief hat Karlo erst geschlafen, dass er nicht mal geschrien hat …» Ich brauchte für diese Aussage eine gefühlte Zeit von zehn Minuten. Klepzig ging nicht drauf ein. Ich lag in seiner Wohnung auf dem Sofa. Den Tatort hatten wir der Spurensicherung überlassen, wir warteten jetzt auf Ulli, der uns irgendetwas zeigen wollte. Was, hatte er nicht verraten.

«Probier die Eisbeutel-Aspirin-Prärieauster-Elektroschock-Kur», nuschelte Klepzig von seinem Bett hinter dem gigantischen Plattenregal. Er hatte sämtliche Klamotten in die Waschmaschine gestopft und trug jetzt einen Kimono, der ihn absolut bescheuert aussehen ließ.

«Die Lou-Reed-Phase hab ich hinter mir.» Ich versuchte es mit leichten Drehungen des Kopfes, mit Bauchatmung und mit Fluchen. Fluchen half wie immer am besten.

Die letzte Stunde des gestrigen Abends war wie Nebel für mich. Ich wusste nicht, warum ich im *Hölderlin* übernachtet hatte und nicht mit Gisela bei mir zu Hause. Ich wusste nicht, wer bezahlt hatte und was noch so passiert war. Klepzig half mir, so gut er konnte, auf die Sprünge.

«Irgendwann hast du die ganze Zeit *Weißes Boot* von den Roten Gitarren in der Jukebox gedrückt. Es war grauenhaft, dann bist du am Tisch eingeschlafen. Ich hab dir 'n paar Stühle zusammengeschoben.» Klepzig stand inzwischen in der Küchenecke, die sich direkt neben seinem Bett befand, und brühte Kaffee.

«Ich kann mir nicht erklären, wie man so tief schlafen kann, dass man nicht merkt, wie sie neben einem einen umbringen.»

Klepzig reichte mir eine Tasse. «Neben dir hätte ein Flugzeug in ein Hochhaus donnern können, und du hättest weitergeschlafen. *Sound Zero.*» Klepzig freute sich kurz über seinen Witz, dann wurde er auf einmal ausgesprochen ernst.

«Wir sind die kompletten Versager, Meyer!»

Ich widersprach ausnahmsweise nicht.

Es klopfte. Das war Ulli, mit seinem MacBook unter dem Arm.

«Du willst uns nicht im Ernst deinen neuen Computer vorführen an dem Tag, an dem sie Karlo erledigt haben, oder?» Ulli hatte wohl komplett den Verstand verloren.

«Doch, will ich.» Er klappte den Deckel auf. «Hier, Jungs, wenn ihr euch mal konzentrieren würdet. Ich hab kurz das Material gesichtet und die entscheidende Stelle rausgesucht. Das hier ist der Festplattenrecorder meiner Überwachungskamera.»

Klepzig verschluckte sich. «Warum hast du denn jetzt 'ne Überwachungskamera? Bei dir stehen exakt ein Bett, ein Tisch, ein Stuhl und ein alter Fernseher rum. Wenn einer was klauen würde, dann diesen Computer mit deinem verdammten Festplattenrecorder.»

«Doch nicht zu Hause, du Schülerlotse. Die Überwachungskamera hängt im *Hölderlin*. Hab ich einbauen lassen, nachdem Hagen Hohlbein umgebracht worden ist. Und jetzt passt auf!»

Wir gruppierten uns um den Bildschirm, viel zu erkennen war nicht. Die Kamera, so viel sah man, wenn man den Raum kannte, musste über der Jukebox hängen.

«Gleich kommt's!» Ulli klang aufgeregt.

Ich erkannte drei Gestalten in schwarzen Overalls. Mit Taschenlampen leuchten sie sich gegenseitig ins Gesicht, so sehr scheinen sie sich über ihre Angela-Merkel-Masken zu freuen. Dreimal Merkel, als wäre eine nicht schon mehr als genug. Eine der drei ist kräftig, ja korpulent, die anderen beiden eher hager. Auch Klepzig, Karlo und ich sind am Bildrand zu sehen. Mir läuft der Sabber aus dem Mund, und Klepzig grinst im Schlaf, wahrscheinlich ist er im Traum gerade mit Anja Heinze auf einem Motörhead-Konzert. Karlo sitzt unter dem Pferdekopf und schnarcht.

«Jetzt gleich», krächzte Ulli.

Die Merkels haben kleine Fläschchen und Tücher dabei. Alle drei auf einmal stülpen sie die Fläschchen um, sodass die Tücher die Flüssigkeit aufnehmen, und drücken sie Klepzig, Karlo und mir auf Nase und Mund.

«Jetzt wird mir klar, warum meine Zunge sich anfühlt, als hätten wir russisches Benzin getrunken», sagte ich.

«Chloroform», ließ Ulli den Hobby-Apotheker raushängen. «Damit haben sie euch noch tiefer ins Koma geschickt.»

Die drei Personen gehen auf den Pferdekopf zu, hängen ihn ab, greifen sich den komatösen Karlo, hieven ihn hoch, und als er die richtige Höhe hat, schieben sie ihn mit vereinten Kräften gegen die Wand, sodass sich der eiserne Haken, auf dem bis eben der Pferdekopf hing, seinen Weg durch Karlos Brust bahnt. Eine gigantische Blutfontäne schießt aus der Wunde und bespritzt wohl auch das Objektiv. Auf jeden Fall bricht die Direktübertragung des Kollektivmords an dieser Stelle ab.

«Scheiße!», brüllte Klepzig und schlug immer wieder mit der Hand auf den Tisch. Ulli drückte ein paar Tasten und klappte den Computer zu.

Ich sagte gar nichts. Langsam kamen ein paar Bilder der letzten Nacht zurück. Karlo hatte leichenblass das Lokal betreten und einen Drohbrief auf den Tisch gelegt. Wir hatten das zunächst für einen Scherz gehalten, ihm gesagt, er solle sich einfach zu uns setzen, und weitergetrunken.

Irgendwann war Heuser abgedüst, danach Gisela, und ich hatte mit der Rote-Gitarren-Tortur begonnen. Dann war Sendepause, zumindest bei mir.

Der Typ von der Spurensicherung klopfte und präsentierte uns den Zettel, den er in Karlos Hosentasche gefunden hatte. Der gute alte Milton, dieses Mal gekoppelt mit Warren Zevons *I'll Sleep When I'm Dead*. Auch Zevon war bekanntlich viel zu früh schlafen gegangen.

Als Nächstes stand Reileck-Kylie vor der Tür. Klepzig hatte sie angerufen. Seine Wohnung wurde zum Hauptquartier der Ermittlung, im Kimono führte der Hausherr souverän die nächste Befragung durch. Kylie konnte allerdings nicht viel dazu beitragen, ein klares Bild von der letzten Nacht zu geben. Sie hatte Karlo abgeschleppt, die beiden hatten ein paar Nummern geschoben, dann hatte sich Karlo verabschiedet, weil er gern in seinem eigenen Bett aufwachte. Es war gegen halb drei Uhr morgens gewesen, als er Kylies Fickbox verlassen hatte, um drei hatte er wieder im *Hölderlin* gestanden.

Die Bilder flimmerten in meinem Kopf. Der aufgespießte Karlo, die drei Merkels, die man auf den ersten Blick für Witzfiguren halten konnte, würden sie nicht so skrupellos und brutal handeln. Sie schienen genau zu wissen, was sie wollten. Sie mussten Karlo verfolgt haben oder Bestandteil der Geburtstagsrunde gewesen sein, die nach Mitternacht kaum mehr zu überschauen gewesen war.

Ich sah das ganze Ensemble des gestrigen Abends vor mir: Heuser und Kati, Anja und Klepzig, Gisela und Uschi, Ulli und den Flüsterer. Und neben diese liebenswerte Truppe stellte ich vor meinem inneren Auge Walli Wesenberg, Finn Flegelmilch, Elvis Krömpel-Scharfschwerdt und Isolde Vetter. Die weniger geschätzten Figuren in diesem Spiel.

Es passte alles nicht zusammen. Wir hatten gefeiert, meinen Geburtstag und die Rettung von Lisa Vetter – das heißt: den plötzlichen Reichtum von Kati Wesenberg. Und jetzt war Kaltwasser tot. Beziehungsweise hatte den Job des Pferdekopfes im *Hölderlin* angenommen. Das war's dann wohl für Frohe Zukunft. Jetzt konnte die Band sich auflösen. Zwei tote Bandmitglieder innerhalb von zwei Wochen. Und mir waren die Verschwörungstheorien ausgegangen. Ich sah auch kein Motiv, außer Rache. Aber wofür?

Zwischendurch hatte der Mörder oder, besser gesagt: hatten die Mörder uns Leine gelassen, unsere humanistische Bildung aufzufrischen. Jetzt waren die Spielregeln nochmal komplizierter geworden.

Die Schonzeit sei jetzt wohl vorbei, sagte ich. Klepzig wischte sich den Schweiß ab, den Begriff habe er auch schon auf der Zunge gehabt. Ob die anderen Morde auch von den drei Merkels ausgeführt worden waren und ob gemeinsam oder ob wir es mit besonders geschmacklosen Trittbrettfahrern zu tun hatten, würden wir erst wissen, wenn die SPUSI den letzten Drohbrief mit den anderen im Labor verglich. Und wenn wir dann noch immer keine echte Spur hätten, würde es richtig knallen.

Klepzig machte sein erstes Bier auf.

«Auch wenn keiner von euch mehr eine Frage stellt: Die Antwort lautet immer Sex, merkt euch das.» Er rülpste. Ulli kramte in Klepzigs Plattensammlung und legte Neil Young am Piano auf, mit *Journey Through the Past*.

«Okay, ich stell keine Frage», versprach ich.

«Sex!», parierte Klepzig.

«Wird völlig überschätzt, mein Lieber.»

«Genau wie du, Meyer!» Unklar, ob Klepzigs Husten ein Lachen sein sollte.

«Aber nur von den anderen. Ich selbst sag mir morgens immer: *Welcome home, loser!*»

«Kritik und Selbstkritik. Das nenn ich Dialektik, Meyer!»

«Lass mal gut sein, Klepzig. Sag mal, fragst du dich nicht auch …»

«Sex ist die Antwort!»

«Du Nachtwächter!»

«Wenn ich mal einer gewesen wäre.»

«Was?»

«Na, ein Nachtwächter, du Dödel, für Karlo.»

«Was glaubst du, was dann passiert wäre?»

«Sex!» Klepzig lachte sich kaputt. Der hatte echt Humor. Oder war endgültig durchgedreht.

Plötzlich aber verdunkelte sich seine Miene. Er strich sich die Haare aus dem Gesicht, griff nach der Zigarettenschachtel, legte sie wieder zurück. Dann schaute er mir tief in die Augen.

«Anja Heinze», fuhr es gleichzeitig aus uns heraus. Anja Heinze, die weiße Villen und Kanalisationsrohre in die Luft sprengte, war seit gestern zurück in Halle. Sie war es, die Eduard Vetter tot aufgefunden hatte. Sie war nicht nur seine Freundin gewesen, sondern auch die Ex von Karlo Kaltwasser. Vielleicht hatte sie es den beiden selbst besorgt. Erst so, dann so. Sex und Tod lagen ja angeblich so nah beieinander, der kleine und der große Tod. Der kleine und der große Klaus.

«Klepzig, ich fürchte …»

«Mit der hätte ich mich lieber anders verabredet.» Klepzig schluckte.

«Dann wärst du vielleicht nicht mehr lange am Leben!»

Klepzig stand auf, verschwand kurz im Bad, ich hörte ihn murmeln, dann saß er wieder vor mir.

«Komm schon, es geht nicht anders, wir müssen die Heinze suchen», versuchte ich, ihn zu überzeugen.

Klepzig winkte ab. «Die Kollegen sind bereits los und bringen sie aufs Revier. Noch sechs Tassen Kaffee, dann fahr ich selber rüber.»

28.

Triller-Uschi rief schon zum dritten Mal an. Zweimal hatte ich sie weggedrückt. Als es das dritte Mal klingelte, standen wir gerade wieder unten im *Hölderlin*, wo der Bassist von Frohe Zukunft, der ja gleichzeitig Arzt war, den Totenschein für den nächsten Bandkollegen ausstellte.

«Wer soll das lesen können, Jaco? Wenn mal einer die ultimative Bandgeschichte schreibt und dafür wirklich recherchiert?»

Ich schaute ihm über die Schulter. Jaco hatte eine Sauklaue. Er hielt mir den Wisch vors Gesicht.

«Kann ich echt nicht lesen. Was steht da als Todesursache?»

«Sex and Drugs and Rock 'n' Roll …», zitierte Jaco seinen Kollegen Dr. Feelgood.

«Sag ich doch!», brüllte Klepzig dazwischen, «Sex ist immer die Antwort!»

Ich beschwor ihn, mal kurz die Klappe zu halten.

«Der Rock 'n' Roll ist sowieso am Ende.» Jaco setzte einen Blick auf, als ginge es mit ihm ebenfalls bergab. «Heute Abend soll doch das große Benefizfest steigen im *Objekt*. Zu Ehren von Hagen und Eddi.»

«Da musst du wohl selbst singen», empfahl Klepzig dem Verzweifelten gefühlvoll. Ich warf ihm einen vernichtenden Blick zu, er ruderte sofort zurück: «Und wenn wir alle aushelfen? Ulli kann ganz gut singen, Meyer auch, wenn er betrunken ist, und ich mach meine Dimmu-Borgir-Nummer.»

«Und am Ende feiern wir alle Kollektivselbstmord als höchste Form des Daseins, oder was?» Jaco verzog das Gesicht. «Wenn ich nicht im Dienst wäre, würde ich jetzt ... Ach, Scheiße, Jungs, gebt Gas, wir haben alle wirklich Angst!»

Handyklingeln.

«Uschi, so anhänglich kenne ich dich gar nicht!»

«Du kennst mir ja sowieso viel zu wenig, meiner, jawoll. Und anhänglich, aufhänglich, wo ist da der Unterschied? Ich häng hier an der Decke, wär nett, wenn du mich abschneiden tätest mit deinem schönen Schweizer Taschenmesser. Wenn die ersten Gäste mich so sehen, wird das peinlich. Mach Latte, meiner!»

Das sagen die Nutten alle, dachte ich. Und wunderte mich erst mal nicht weiter.

Rembert war nicht zu erreichen. Doch ich stand kaum auf der Straße, da kam ein anderes Taxi vorbei.

Uschi hing mit den Beinen nach oben an dem riesigen Kronleuchter, den sie immer mal wieder dem Theater oder dem *Objekt* zur Verfügung stellte, wenn die was Großes inszenierten. Ich drückte ihr mein Taschenmesser in die Hand, hob sie an, und sie durchtrennte das Seil. Dann legte ich sie auf ein Sofa und flößte ihr Cognac ein.

«Elvis, die dumme Sau, die dumme Sau», wiederholte Uschi in einem fort. So aufgelöst hatte ich die Puffmutter noch nie gesehen.

«Was ist passiert, Uschi? Wer war das? Krömpel-Scharfschwerdt?»

«Der und sein sauberer Jehilfe Finn Flegelmilch. Die glauben doch tatsächlich, dass ich hinter den Morden stecke. Dass ich die besten Pferde aus ihrem Stall töte. Quasi als Rache.»

«Aber Rache wofür? Was habt ihr eigentlich alle für alte Rechnungen offen? Wolltet ihr mal gemeinsam 'nen Gedichtband im Mitteldeutschen Verlag rausgeben, oder was ist hier los? Ich dachte, die kassieren Schutzgeld bei dir.»

Uschi gackerte. «Jib mir mal 'nen Zijarillo aus meine Handtasche, meiner.»

Ich fummelte die Dinger raus, zündete einen an und reichte ihn Uschi. Die sog den Rauch tief ein und packte aus.

«Meiner, Elvis und ich waren mal 'n Paar, das ist Jahre her. Ich war seine große Liebe, behauptet er jedenfalls bis heute. Dabei steht der doch jar nicht auf Frauen, oder nicht mehr, was soll's. Ich war blutjung damals, hatte gerade mein erstes Engaschemang als Tänzerin am Theater.»

Ich kannte die Geschichte ja schon von Gisela, aber ich wollte Uschi nicht unterbrechen. Wenn sie schon mal von sich selbst sprach. Am meisten erzählten einem die Leute sowieso, wenn man sie nicht danach fragte.

«Dann jedenfalls, meiner, passierte der Unfall. Wir waren alle auf Koks. Elvis, so 'n paar Musiker und ich. Als ich wieder aufwachte, war mein Bein hinüber. Und von der Schwangerschaft hat mir der Arzt erst später erzählt, ich hatte es jar nicht jewusst, aber die war dann auch vorbei. Elvis ist jefahren. Den anderen ist nicht viel passiert, die saßen hinten.» Uschi seufzte. «Elvis hat dann alles an Geld aufjetrieben, was er lockermachen konnte, und mir den Laden hier aufjebaut. Er hatte ein schlechtes Jewissen.

Aber jetzt ist er offenbar paranoid jeworden von den vielen Drogen. Glaubt der, ich bring seine Musiker um und hetz ihm die Bullen auf'n Hals? Heute früh war er total drauf, hatte gerade von Karlos Tod erfahren, ist herjekommen und voll durchjedreht.» Uschi wischte sich ein paar Tränen ab. Nahm noch einen Cognac.

«Hast du mal dran gedacht, dass Elvis seine Hüftschaukler selbst entsorgt hat? Tote Helden verkaufen besser?»

«Quatsch, Meyer, nicht Elvis. Der wirft alles ein, was er kriegen kann, aber ein Mörder ist der nicht, Meyer. Verjiss es!»

Ich glaubte Uschi. Die Frau besaß Menschenkenntnis.

Eine andere Erkundigung wollte ich jetzt nicht länger aufschieben. «Sag mal, Uschi, was ich dich schon die ganze Zeit fragen wollte, wer war das noch, der auch Curtis Mayfield hört? Du hast mir neulich einen Namen gesagt, der hat mir aber nichts gesagt, und ich hab ihn vergessen.»

«Na, Walli Wesenberg. Die hing ja damals auch immer mit uns rum. Ich hätte jedacht, die hört nur Florian Goldeisen oder wie der Ameisenbär heißt. Auf den Maifeld ist sie wohl durch ihre Tochter jekommen.»

«Aber mit der hat sie doch seit Jahren kein Wort gewechselt?»

«Ja, das glaubst du! Oder besser jesagt: Das glauben alle, meiner. Die sind doch längst wieder ein Herz und eine Seele. Walli hat Kati mit großer Geste verjeben. Das hamse beide jans jeheim jefeiert damals in mein' Etablissemang.»

Mir schwante etwas. «Wann war das, Uschi?»

«Bestimmt zwei Jahre her. Damals hat sich Walli dann auch mit Kylie anjefreundet, die kannte sie ja nur durch Kati. Und der hat sie jetzt die Absteije spendiert.»

«Aus Großzügigkeit?»

«Ich glaube eher, sie wollte einen eigenen Laden. Ich hab mir den mal anjesehen, die hingen da alle rum.»

«Wer hing da rum, Uschi?»

«Na, Walli und Kati und diese ganzen Rockerbräute.»

Dass die Entführung inszeniert gewesen war, hatte ich ja früh geahnt. Die Szene im China-Imbiss hatte ich mir aber als echt verkaufen lassen. Das einzig Echte daran war also Wallis und Katis Schock gewesen, als ich die Sache mit dem Säuglingsmord zur Sprache brachte. Welche Rolle spielte Kati bloß in dieser Meisterleistung des absurden Theaters? Und Karlo? Der hatte mit seiner Version der Geschichte von Walli und Kati auf jeden Fall total falschgelegen.

Ich versuchte erst mal, die Information von Uschi zu verarbeiten. Wenn Walli auf Curtis Mayfield stand, dann stammten die Briefe möglicherweise von ihr. Hatte sie beschlossen, nicht ihre Tochter, sondern den Rock 'n' Roll und seine verkommenen Protagonisten für ihr Liebespech verantwortlich zu machen? Tagelang hatten wir keinen Verdächtigen gehabt, jetzt hatten wir schon zwei: Anja Heinze und Walli Wesenberg.

Und Kati Wesenberg? Das konnte ich mir einfach nicht vorstellen.

29. Rembert ging wieder nicht ans Telefon. Gefühlte Zeit: zwanzig Minuten. Real waren es wahrscheinlich zwei.

«Rembert-Taxis, die schnellst ...»

Ich würgte ihn ab. «Spring in deinen Schottenrock und hol mich im Puff ab, bitte!»

«Wohnst du da jetzt, oder was? Weißt du, wie spät es ist?»

«Ich habe die Leitung des Ladens übernommen. Für dich sind Sonderkonditionen drin. Und zwanzig Euro für jeden Neukunden, den du hier ablädst.»

«Uschi zahlt mir fünfzig, ich glaub, ich will die alte Chefin zurück.»

«Wann kannst du hier sein?»

«Gib mir zwanzig …»

«Sag ich doch!»

Der kariert bezwirnte Kunstfahrer war bestens gelaunt. Dabei sah er aus, als sei er die letzte Nacht durchgefahren und habe sich gerade erst hingelegt, als ich anrief. Im Auto lief wie immer gute Musik, Jesse Malin sang mit Bruce Springsteen im Duett: *Raised on robbery and rock 'n' roll.* Rembert sang die zweite Stimme mit: *Angels love you more. Broken Radio* hieß dieses Stück, ich hatte es schon notiert für die *Prosa der Puffmutter, Teil 2.*

«Wohin fahren wir eigentlich?», ließ sich Rembert vernehmen.

«Weiß ich noch nicht. Karlo ist tot, wusstest du das schon?»

«Hab ich eben auf der Fahrt in den Nachrichten gehört.»

«Was haben sie gemeldet?»

«Das übliche Geseier. Und dann kam Holger Hösendorfer zu Wort und meinte, Mord sei wohl als Todesursache nicht auszuschließen.»

«Der Vollidiot. Den würde ich gern an Karlos Stelle ins *Hölderlin* hängen.»

«Dann kriegt doch keiner mehr seinen Drink runter. Lass mal, Meyer!»

Rembert fuhr ein wenig durch die Saalestadt. Er wusste, dass es sinnlos war, mich nochmal zu fragen, wohin es gehen sollte. Er schluckte eine Kopfschmerztablette. Bot mir auch eine an.

«Die guten amerikanischen, die gebufferten, gehen nicht so auf den Magen.»

«Gib mir fünf!»

«Eigentlich wollte ich ja schon früher ins Bett gestern. Dann hatte ich ein paar fette Überlandtouren. So Omis, die einem noch frische Eier mitgeben und frischen Kuchen und solche Sachen, großartig.» Rembert war in Plauderstimmung. «Und dann kamen drei durchgeknallte Ladys, das glaubst du kaum, mit Masken des Konterfeis unserer Bundeskanzlerin.»

Ich stieß heftig auf und bat ihn, sofort anzuhalten. Rembert bestand darauf, die Kreuzung noch zu überqueren.

«Was ist denn?!»

«Drei Frauen mit Merkel-Masken? Erzähl mir das genau!»

«Ich halte ja nichts von Fasching, aber drei hyperventilierende Mütter, die sich noch hässlicher machen, als sie wahrscheinlich schon sind, das versprach Spaß. Ich hab die in der Nähe vom *Objekt* aufgelesen.»

«Wo hast du sie hingefahren?»

«In die Triftstraße.»

Also doch Kati? «Wo genau?»

«In die Nähe von dort, wo Heuser jetzt eingecheckt hat.»

Also doch Kati.

Rembert plauderte munter weiter. «Die Ladys hatten da ein Motorrad rumstehen, ich hab die noch losheizen sehen. Die beiden Dünneren zu zweit auf dem Bock, die Dicke im Beiwagen. Schade, dass ich meine Kamera nicht dabeihatte. Das wäre das Video gewesen für das neue Album von Frohe Zukunft.»

«Meinst du, die machen noch eins?» Ich sah wieder Karlo vor mir.

«Zumindest haben sie schon einen Titel: Merkel-Massaker.»

«Wie kommst du denn darauf?»

«Stand doch in der Zeitung letzte Woche, Dingsda, der Organist, hat ein Interview gegeben. Underground oder wie der Knilch heißt.»

«Scheiße!»

«Warum interessierst du dich eigentlich für drei Ladys mit Merkel-Masken?»

«Ganz ruhig bleiben, Rembert. Die drei haben Karlo an die Wand gehängt, Ullis Überwachungskamera hat das gefilmt. Und Klepzig und ich lagen schlafend daneben.»

«Seit wann hat Ulli 'ne Überwachungskamera?»

Ich schaute Rembert an. Er zwinkerte mir zu.

«Vergiss das mit dem Video, Rembert!»

Ich rief Klepzig an, zu ihm ins Büro konnte ich nicht, Hösendorfer hatte ihm die Zusammenarbeit ja untersagt. Er kam ins *Nöö*, wo Rembert noch einmal die ganze Geschichte erzählte.

Klepzig gab die Großfahndung raus: Anja Heinze, Walli Wesenberg, Kati Wesenberg. «Die Verschwörung der Frauen ...», murmelte er.

Zu Hause war keine der drei anzutreffen, und auch Lisa wusste nicht, wo ihre Mutter steckte, erzählte uns Katis Mitbewohnerin. Heuser sei mit der Kleinen in einen Vergnügungspark gefahren.

Wir konnten nichts tun, außer abzuwarten, bis die drei Damen vom Rocker-Grill gefunden waren. Wir hatten alle ein wenig Schlaf nachzuholen, der Abend würde lang werden.

30. Im *Objekt 5* herrschte reges Treiben, Vorbereitungen für eine Art Trauerfeier im kleinen Kreis. Frohe Zukunft und die Perlen, oder besser: was von ihnen übrig war. Dazu befreundete Musiker, Familie, ausgewählte Pressefuzzis, ein paar Kneipenwirte, der Zukunft-Fanclub. Matthes gab Anweisungen, wie das kalte Büfett aufzubauen sei.

Heuser saß im Biergarten, rauchte eine fette Zigarre und streichelte einen überdimensionalen Wolfshund. Er winkte uns zu, schien gut gelaunt.

«Was ist los, alter Frauenversteher? Haben sie dir was in den Pfefferminztee getan? Oder hast du beim Luftballonwettaufblasen gewonnen?»

«Leck mich. Darf ich euch vorstellen: Heinz 57.» Er zeigte auf die Mischung aus Elefant und Dinosaurier, die durch den Biergarten stromerte. «Hab ich heute mit Lisa ausgesucht.»

Ich orderte eine Runde Becherovka, kleine, für den kleinen Durst. Zu klein allerdings gegen die Nervosität. Klepzig fasste für Heuser zusammen, was wir wussten, und verwies auf die mitgebrachten, als Menschen verkleideten Kollegen.

Heuser schüttelte den Kopf, er glaube uns ja vieles, aber hier lägen wir absolut falsch. Wer liegt nicht mal falsch, dachte ich. Manche müssen dafür bewusstseinserweiternde Erfahrungen machen mit Kindern oder Hunden.

Plötzlich kam Unruhe auf. Matthes lief herum, um sich zu vergewissern, dass noch keiner der im Biergarten sitzenden Gäste vom Büfett genascht hatte. Dann bat er Klepzig und mich, ins *Objekt* zu kommen.

Drinnen war es angenehm kühl und dunkel. Als ich das letzte Mal von Matthes in diesen Raum gebeten worden war, hatte ein Mensch mit einer Gitarre im Rücken auf der Bühne gelegen. Jetzt bot sich ein friedlicher Anblick. Heinz 57 hatte es sich vor der Bühne bequem gemacht und schlief. Er war der Einzige, der sich nicht an die Öffnungszeiten des kalten Büfetts gehalten hatte, und wir sollten ihm dankbar dafür sein. Heinz 57 war nämlich bereits im Hundehimmel. Kalt erwischt vom kalten Büfett.

Klepzig überschaute die Situation sofort. Er bat Matthes, alles zu lassen, wie es war, nur das Büfett sorgfältig abzudecken.

«Wenn die Frauen hier jetzt wirklich den Kollektivmord an der Rockszene der Stadt durchziehen wollen, dann machen die sich nicht einfach so vom Acker. Alte kriminalistische Weisheit, Meyer: Je spektakulärer die Tat, desto eher geben sich die Täter zu erkennen. Das Spiel ist wichtiger als das Entkommen.»

«Saubere Idee, Klepzig. Und diese Täter, das sind dann die Einzigen, die nichts essen, während die anderen sich den vergifteten Kram reinschaufeln. So können wir sie überführen, kurz bevor wir Heinz 57 in die ewigen Jagdgründe folgen.»

«Blödsinn, Meyer. Lass mich nur machen. Wenn die drei Ladys dahinterstecken, und davon gehen wir ja wohl aus, dann werden die hier auftauchen und sich ihr Werk ansehen wollen. Oder es vollenden.»

Für die Zeit bis zur Feierstunde hatte sich ein Spaßvogel ein kleines Vorprogramm ausgedacht. Eine gemütliche Unplugged-Show sollte die trauernde Feiergemeinde im Biergarten eingrooven, und zwar mit Gedichten. Die Lyrik war wieder los in Halle. Zunächst gab es ein wenig Robert Gernhardt, Jörg Fauser, Peter Hacks, dann rappte der Flüsterer den unvermeidlichen Baader Holst:

ich bin am ende doch das hat nichts zu heißen
wer zu lang lebt verliert sich schnell
ich mag die augenklappe an tom sawyer viel lieber
als allen ostseesand in wilhelm tell.

Danach Auftritt Finn Flegelmilch mit den vielleicht schönsten Versen des Abends, einem Gedicht von Thomas Gsella:

Du, geh' du doch deinen Weg.
Blick' nicht stets zur Seite.
Grade sein heißt sehr oft auch: schräg.
Du bist nicht «die Leute».
Tu es. Und beachte nicht,
Was die andern reden.
Du, nur du, bist dein Gericht.
Also auf nach Schweden!

Aber die Überraschung des Abends war Heuser. Er sagte wirklich *Stufen* von Hermann Hesse auf, und er bekam wirklich Beifall dafür.

Es wird vielleicht auch noch die Todesstunde
Uns neuen Räumen jung entgegen senden
Des Lebens Ruf an uns wird niemals enden
Wohlan denn, Herz, nimm Abschied und gesunde!

Zunächst Stille. Dann tosender Beifall. Ich nahm Heuser in die Arme, auch wenn mir im selben Moment ein kalter Schauer über den Rücken lief.

Klepzig war nicht bei der Sache oder besser: Er war zu sehr bei der Sache. Während die anderen alles nachholten, was sie an Rezitation in der Schule verweigert hatten, zischte er mir immer wieder Horrorszenarien ins Ohr. «Vielleicht haben die den ganzen Laden ja vermint. Denk mal an die Hütte in Heiligendamm. Mit Anja Heinze ist nicht zu spaßen.»

Obwohl ich das für übertrieben hielt, ganz abwegig war es nicht, was Klepzig da erwog.

«Wann sollen die das denn gemacht haben?», zischte ich zurück.

«Das Büfett haben sie schließlich auch manipuliert, warum sollten sie nicht 'ne nette kleine Bombe installieren?»

«Das wäre auf jeden Fall ein starker Abgang!»

Klepzig erhob sich. «Ich check mal die Lage. Keller und so. Hör du dir nur schön weiter diese Spinner an.»

Eine halbe Stunde später, Klepzig stand jetzt an der Tür und sah ernst aus, wurden die geladenen Gäste ins *Objekt* gebeten. Der offizielle Teil des Abends sollte beginnen. Vor der Bühne lag friedlich Heusers toter Hund. Gern hätte ich ihm mit einem Vers von Wiglaf Droste die letzte Ehre erwiesen (*Hasso trank ein Premium, bumms, da fiel der Hasso um*), aber das war zu gefährlich, sollten ihn ruhig alle schlafend wähnen.

Matthes ging ans Mikro, um ein paar Worte über Frohe Zukunft und die Perlen zu sagen, Worte der Anerkennung und des Beileids. Die Stimme versagte ihm. Alles, was er herausbrachte, war, dass eine zünftige Party wohl im Sinne der Ermordeten sei. Und dass es gerade heute was Besonderes zu feiern gebe. *Abrissbirne Diskokugel* habe gerade zum fünften Mal Platin bekommen, damit sei Frohe Zukunft in etwa so erfolgreich wie Nirvana.

Ein Raunen ging durch den Saal, als nach einer Fanfare Elvis Krömpel-Scharfschwerdt und Finn Flegelmilch eine überdimensionale Torte hereinschoben, die nur von einer Zahl geschmückt wurde: *1 000 000* stand dort fett in Gold. Fünffach Platin.

Plötzlich wieder eine Fanfare, und dann lief *Kalt erwischt*, die erfolgreichste Single aus *Abrissbirne Diskokugel.* Im selben Moment, in dem Krömpel und Flegelmilch die Gesichter verzerrten, zog Klepzig auch schon seine Pistole, und als, vom Geschrei der Gäste unterlegt, die goldene Zahl von der Torte flog und irgendein Wesen mit einer Uzi aus dem Innern hervorsprang, schoss er, flankiert von drei Scharfschützen, die vom Rang aus mit Maschinenpistolen die Torte zerfetzten. Rock 'n' Roll.

Abspann. Der Torteninhalt konnte genauso wenig gerettet werden wie das kalte Büfett. Walli Wesenberg war sofort tot.

Kati Wesenberg und Anja Heinze konnten am nächsten Tag verhaftet werden. Kati wurde geschnappt, als sie ihre Tochter holen wollte. Anja Heinze hatte sich ausgerechnet in Kühlungsborn versteckt, in demselben Lokal, in dem man sie schon einmal geschnappt hatte. «Panik», meinte Klepzig, von dem die Idee stammte und der die Rostocker Kollegen gebeten hatte, dort nach Anja zu suchen.

Die zwei überlebenden Damen gestanden, alle drei Morde gemeinsam mit Walli erledigt zu haben. Immer im Trio. Kollektiv. Genauer wollten sie nicht werden.

In den Verhören wurde klar: Jede der drei hatte ihre eigene Rechnung abzumachen mit dem Rock 'n' Roll. Alle hatten sie die Liebe ihres Lebens verloren, zumindest das, was sie dafür hielten. Walli ihren Liebhaber an die eigene Tochter, Anja ihren Freund beim Festival in Roskilde, und Kati versteifte sich darauf, dass sie Eduard an die Musik selbst verloren habe. Und so hatten sich Mutter und Tochter tatsächlich gegen einen gemeinsamen Feind zusammengetan. In der Torte, das räumten Anja und Kati ein, hätten sie Walli dann aber die Drecksarbeit übernehmen lassen. Kati hatte die Geschichte mit dem Säuglingsmord aus den Latschen gehauen. Anja konnte Walli Wesenberg ohnehin nicht ausstehen und hatte sie lediglich geduldet, weil sie den Kreuzzug gegen den Rock 'n' Roll finanzierte.

Kati hatte tatsächlich Weitblick bewiesen. Da sie das Testament von Walli nicht kannte, sich aber durchaus vorstellen konnte, dass ihre Mutter die ganze Kohle irgendeiner Stiftung vermachen würde, hatte sie mit der Entführung schon mal die Ausbildung für Lisa gesichert. Und Walli hatte das alles für ein Ablenkungsmanöver gehalten und mitgespielt.

Walli Wesenberg tot. Anja Heinze im Knast. Kati Wesenberg im Knast. Klepzig und ich gingen uns für zwei Tage aus dem Weg, dann begossen wir unseren traurigen Erfolg im *Hölderlin* mit der Musik von Maria Callas. Und mit Heuser, der endlich wieder im Heimathafen angekommen war.

Unser Resümee fiel nicht eben schmeichelhaft aus, am wenigsten für uns selbst. Morde in der Rock-'n'-Roll-Welt hatten wir nur Männern zugetraut. Anders betrachtet: Wir hatten uns von spektakulären Ablenkungsmanövern ablenken lassen. Noch einmal anders gesagt: Dass Liebe blind macht, wusste schon Tom Waits. Normalerweise passierten solche Morde in ganz normalen Familien. Hier waren die Familien einfach etwas größer und verzweigter gewesen. So war das.

Das Leben ging weiter.

Statt befördert zu werden, erhielt Klepzig eine Dienstaufsichtsbeschwerde, weil er die Sache ohne Hösendorfer, stattdessen aber mit Scharfschützen gelöst hatte. Von Matthes bekam er Karten für Manowar. Und von Uschi gratis die Led-Zeppelin-Nummer versprochen. Er würde sich allerdings beeilen müssen, das Geschenk einzulösen, denn Uschi war schwanger. In Liebesdingen wollte Klepzig vorerst keinen neuen Versuch starten. Die Zuschriften auf seine Kontaktanzeige schickten wir anonym an Mollenkott.

Uschi war sich nicht ganz sicher, wer der Erzeuger ihres Kindes war, wollte es aber bekommen und verkündete stolz, dass insgesamt nur drei Männer in Frage kämen, da sie sich ja schon länger aus dem aktiven Kopulieren zurückgezogen habe.

Die Puffmutter war in froher Erwartung, und Gisela war jetzt nicht mehr nur eifersüchtig, sondern auch noch neidisch auf Uschi.

Ich war froh, dass ich nicht auf der Triumviratsliste von Uschi stand. Was meinen Fahrer Rembert betraf, hatte ich da so meine Zweifel. Er winkte jedoch entschieden ab, als ich die Sprache auf Uschis Umstände brachte.

Für Heuser wollten Klepzig und ich bei einem Züchter einen neuen Hund bestellen. Erst mal sollte er sich aber eine eigene Wohnung besorgen. Bei mir, wo er nach seinem überstürzten Abschied aus der WG Asyl gefunden hatte, war es für uns zwei einfach zu eng. Zumal Heuser im Kopf noch Kati mit sich herumschleppte. Er hatte beim Jugendamt das Sorgerecht für Lisa Vetter beantragt, machte sich jedoch wenig Hoffnung. Lieber steckten diese Beamten das Kind in ein Heim, als es einem alleinstehenden jungen Mann zu überlassen, der mitten im Leben stand, fest angestellt war und dem Mädchen eine schöne Kindheit bieten konnte. Zwar würde Lisa, wie das Testament ergab, tatsächlich das Geld von Walli Wesenberg erben, aber erst, wenn sie volljährig war, und was sie dann mit diesem Geld anstellte, das hing eindeutig ab von den Jahren, die bis dahin vergingen.

Heuser wohnte drei Wochen bei mir. Dann zog er in die Gegend vom *Objekt 5* und kaufte sich einen Dackel. Die sterben nämlich auch aus in Deutschland. Jede Woche machte er zweimal die große Welle auf dem Jugendamt. Dort ließ man sich allerdings Zeit. Irgendwann würde er den Laden sprengen. Er war wieder ganz der Alte.

Krömpel und Flegelmilch bastelten am nächsten Coup. An Geld, so viel hatte ich inzwischen verstanden, waren die beiden weniger interessiert als am Dabeisein. Mitspielen im großen Geschäft. Sichanrufen und den Stand des Albums in den Charts durchgeben. Anderen gegenüber von «meiner Band» sprechen, darum ging es ihnen.

Frohe Zukunft und die Perlen fusionierten und feierten Erfolge mit der ersten Single *Tote Torten.* Als Nächstes wollten sie ein Konzeptalbum mit den Texten von diesem Baader Holst aufnehmen. Poesie zählte eben noch etwas in Halle.

Ich fand endlich die Zeit, das Pamphlet von Isolde Vetter zu lesen: *Die Rückgewinnung des Paradieses durch das Verbot von Rockmusik.* Ich war wieder einmal bestätigt in meiner These, dass die Theoretiker die eigentlichen Verbrecher sind, und musste an meine Kindheit denken. Es gab doch immer einen, der sich die Streiche ausdachte, und ein paar Blödmänner, die sie ausführten und verantwortlich gemacht wurden. Isolde Vetter hätte das Trio aus Anja, Kati und Walli Wesenberg zum Quartett machen können. Sie aber lehrte immer noch arme Kreaturen das, was sie humanistische Bildung nannte.

Und ich träumte weiter von der großen Liebe, die manchmal Giselas Gestalt annahm, vom Kalten Krieg und von den Leichen im Keller. Aber das ist eine andere Geschichte.